ダメ出し上手のウサギ娘
ノーラ・モーラ
空気の読めるエルフ娘
テレス・ファーム
いつもヘタれる新神様
東 宏
たまにヘタれる新神様
藤堂 春菜
早く大人になりたい妹
ライム・タート
妹思いのしっかりした姉
ファム・タート

楽しいこと大好き謎生物
オクトガル
アズマ工房の迷ツッコミ
溝口 真琴
食を探求するお姫様
エアリス
菫のお父さん
香月 達也
菫のお母さん
香月 詩織
精霊に愛されし子
香月 菫
春菜ちゃん、がんばる？
フェアリーテイル・クロニクル
9
Haniwaseijin
埴輪星人

ジェクトの双子の妹
シェイラ・レック
祝・高校合格♪
水橋澪（みずはしみお）
シェイラの双子の兄
ジェクト・レック
元イグレオス神殿の神官
カチュア
後輩肌のキツネ耳獣人
ジノ・コートエル

「大奇跡となると
ルール的にも気軽には行えませんし……」
海洋神
レーフィア
「というか、もう現時点で
詰みなのではないでしょうか……」
時空神
アルフェミナ

春菜ちゃん、がんばる？ フェアリーテイル・クロニクル

9 埴輪星人 Haniwaseijin

CONTENTS

始まりの独り言

結局のところ、大学二年になっても
やってることは自体はあんまり変わってなくて
研究と畑仕事がメインになってる
でも、『フグの肝を食べたいから』って理由で
酵母を使った無毒化の研究が始まるなんて、
やっぱり食への探求心って深いね
私が言うのもなんだけど

大きなイベントだと女子会、
それと宏君の誕生日パーティがあったんだけど、
そこでレイニーさんが言ったことが
すごく純粋でまっすぐで
なんだか自分が情けなくなっちゃった

だけど、やっぱり自分の気持ちなんだから
ちゃんと大切にしていきたいと思うし
それと同じくらい、宏君の気持ちも
大切にしたいって思ってる

もちろん、みんなの気持ちも……

第70話　ありとあらゆるピザ生地の食感は全部揃ってる感じだよね……

「こんにちは、春菜ちゃん」

宏が美優と飲みに行った三日後。

仕事で近くに来た美優は、ついでだからと海南大学綾瀬研究室の春菜のところに顔を出していた。

「いらっしゃいませ、小川社長」

「今日はプライベートで来てるから、いつもどおりおばさんでいいよ。敬語もなしで」

「は～い」

美優にそう言われ、あっさりプライベートモードに切り替える春菜。

その様子に、美優が満足げに頷く。

「それで、今日はどうしたの？」

「近くに来たから、顔見に寄っただけ。まあ、春菜ちゃんの手が空いてるんだったら、ちょっと話したいこともあるけど」

「話したいこと？」

「うん。そういえば東君は？」

「今日は酵母工場のほうに行ってるよ。新開発の設備だから、そろそろ何か不具合が出てるはずだって」

「なるほど。確かにそろそろ、そういう時期だね」

「えっと、宏君がいたほうがいい話？」

「いや、むしろいないほうがいい話。できることなら澪ちゃんやエアリス様なんかもいてくれたほうがありがたいけど、さすがにそこまでは贅沢言わないよ」

春菜の問いかけに、真剣な顔でそう答える美優。

美優の答えに、いろいろ思い当たることがある春菜が、内心で冷や汗をかく。

「まあ、そういうわけだから、ちょっと急で悪いんだけど、春菜ちゃんが大丈夫だったら場所変えて話したいんだけど、どう？」

「あ～、別に今からでも問題ないかな」

「本当に？　別に気を使わなくても大丈夫だよ？」

「今絶対にやらなきゃいけないことも、今日中に終わらせなきゃいけないことも特にないんだよね。今やってるのも単なるデータ整理で、極論、私が直接やらなくてもいい類のものだし」

美優の念押しに対し、正直な反応を示す春菜。

実際、今春菜がやっていることは、各所から上がってきたデータをいろんな条件で並べ替えてグラフや表にまとめて眺めているだけである。

この作業によって思いつくことがないわけではないので無駄とは言わないが、表やグラフを作るところまではそれこそＡＩに丸投げでもいい。

なので、実のところ春菜が研究室に出てきている意味はあまりない。

「アポなしで来て作業中断させてる私が言うのもなんだけど、それだったら春菜ちゃんは今日休んじゃってよかったんじゃない？」

「一応、私の研究だし、何かあったときに方針決めて対処できるの、私か宏君だけだからね。暇だとしても顔は出しておかなきゃ、なんだよね」

「なるほど……」

「あと、今日は宏君の手が空くかどうか分かんないから、迂闊に新しいことができないっていうのも、理由としては半分ぐらい」

「そりゃそうか」

春菜の言い分に全面的に納得する美優。

やっていることも起こる現象も特殊すぎるため、春菜の研究にも急に宏の力が必要になることが多い。

最近はその傾向が特に強くなっており、宏がいないときは春菜が暇を持て余しながら待機することになりがちなのである。

「じゃ、そういうことなら、場所変えて話そうか。人が来るかもしれないところで話すようなことじゃないし」

「了解。さて、どこがいいかな……？」

美優に言われ、使う部屋を思案する春菜。

そこに、天音が顔を出す。

「美優ちゃんの話だったら、私の応接室を使えばいいよ。あそこなら、春菜ちゃんに連絡が必要なことが起こってもすぐに対処できるし」

「いいの？　っていうか、天音おばさん、いつから聞いてたの？」

「今ここで話してたことは何も聞いてないけど、美優ちゃんが春菜ちゃん達と話したいことについては前もって聞いてたからね」

そう言って微笑む天音。

その笑顔に、まだまだ敵わないと内心で白旗を上げる春菜。

「じゃあ、お言葉に甘えて応接室を使わせてもらうよ。春菜ちゃんもそれでいいよね？」

「うん」

「あっ、話が終わったら二人の時間をちょっとだけもらっていいかな？　美優ちゃんが釘刺そうとしてる件とは別件、というか、春菜ちゃんの酵母がらみでちょっと相談したいことがあって」

そこに、天音がそんな話を挟んでくる。

天音の提案を受け、応接室を使わせてもらうことにする美優と春菜。

「相談したいこと？」

「うん。詳しい話はその時にね」

それだけ言って、さっさと出ていく天音。

恐らく、美優と春菜の話に口を挟まない、という意思を示しているのだろう。

「……天音ちゃんが相談したいことっていうのが、とても不穏そうな件について」

「……まあ、これ以上手を広げる系の話じゃない、とは思うんだけど……」

天音を見送った後、お互いの見解の一致を確認する美優と春菜。

すでにやらかすだけやらかしている春菜の酵母関係で、今更天音が相談したいことがあると言い出したこと自体が、とにかく不穏に過ぎる。

「まあ、天音ちゃんのことは置いといて、行こっか」

「うん」

気を取り直して、さっさと移動することにする美優と春菜。

どうにも想定外の方向で不穏な空気になりながら、年長者からの話が始まるのであった。

☆

「さて、それじゃあ春菜ちゃん。なんとなく察してると思うけど、東君から聞いた向こうの世界での人間関係について、年長者からのお説教とアドバイスをさせてもらうよ」

「うん」

用意してもらったコーヒーに軽く口をつけてから、美優がそう切り出す。

「多分、分かってるとは思うんだけどね。現状に関して言えば、たとえ春菜ちゃんであっても東君に対する他の人の恋愛感情について口挟むのはご法度だよ。それについて何か言えるのは、当事者である東君だけ」

「……分かってるんだけど、ライムちゃんに関してだけは、どうしてもね……」

やっぱりその話か、と思いながら、正直に自分の気持ちを口にする春菜。

その反応に、困ったような表情を浮かべた美優が次の言葉を口にする。

「春菜ちゃんがそんな風に思うのもまあ、分からなくはない。うちでも似たような話があったし」

「そうなの？」

「うん。神楽ちゃんの幼なじみで三つ下の妹分のね、それこそ幼稚園ぐらいの頃から知ってる子が、俊和に対して本気になっちゃってさ」

「それは初耳だよ……」

「初めて話すからね。そもそも、神楽ちゃんが友達連れてきてるときに、春菜ちゃんや舞衣ちゃん達を呼ぶのも不自然でしょ？」

「ああ、そりゃそうか……」

「正直な話、俊和と神楽ちゃんですら神楽ちゃんが成人するぐらいまでは割と悩ましい年齢差なのに、さらにその下の子だもん。十年後ならともかく、今の時点ではそりゃ許容できないよ」

「だよねえ……」

「たまにしか来ない子でもそうなのに、一緒に暮らしてて部分的にとはいえ子育てみたいな関わり合いをしてたとあっちゃあね。春菜ちゃんがライムちゃんとの年齢差に拒否感持つのもそれはそれで当たり前の話だし、そのこと自体はどうこう言うつもりはないよ」

春菜がどうしても受け入れられない根本の理由、それ自体には理解を示す美優。

そのうえで、春菜に対してダメ出しをする。

「……頭では分かってるつもりなんだけどね……」

「だろうね。春菜ちゃんが、これ以上ライバルの女が増えるのは嫌だって思うのは当然だし、それを主張する権利ぐらいはある。ただ、実態が限りなく事実婚に近い状態ではあっても、婚約どころか恋人同士にすらなってないんだから、ライムちゃんの気持ちを春菜ちゃんが拒絶する権利までは現時点では存在していない。このことは飲み込めなくても飲み込まないとね」

「……うん……」

「聞いた話だと、そもそも暗殺者の娘は受け入れたんでしょ？　他がよくてライムちゃんが駄目ってのも筋が通らないしね」

「……おっしゃるとおりです……」

美優の厳しい指摘に、しおれながら頷くしかない春菜。

こちらの心情を汲んだうえでのダメ出しなので、反発するにもできない。

「それにしても、こういう幼少期の初恋って、相手と疎遠になったり、相手が結婚してどうやっても自分のものにならないって思い知らされたり、自分が年齢が近い誰かに恋したりって形で自然に終わるものだから、普通はそんなに考えすぎる必要はないものなんだけどねえ……」

「向こうは基本的に重婚に抵抗がない文化だし、定期的に顔を出して指導してるから疎遠になりようがないし、ライムちゃんにとって宏君よりいい男ってすごく難しいしで、ねえ……」

「東君、普段は本気で単なるダサいヘタレなのに、恋愛が絡まない事柄だと、時々ものすごいイケメンムーブをさらっとやってのけるからねえ」

「うん。あと、ものづくりが絡むと、途端に格好よくなるんだよね」

「じゃあ、ライムちゃんは東君の格好いいところばっかり見ることになるわけか」

「うん。エルちゃん達とも話したんだけど、別の人を好きになる可能性は絶望的じゃないかなって結論になったよ……」

「難儀な話ね……」

ライムの恋愛に関する人間関係を分析し、思わずため息をつく美優と春菜。

正直なところ、宏は人間としてはどちらかというと短所のほうが多いタイプであり、特に女性関係に関しては元女性恐怖症という経歴もあってヘタレでビビりなため、恋愛が絡むと非常に不誠実であるという致命的な欠点を抱えている。

だが、その欠点が恋愛においてマイナスに働くかというと、必ずしもそうではないのが人間関係の面白いところであり、厄介なところでもある。

「とりあえずそのあたりの、第三者がどうこう言ってもどうにもならないところは横に置いとくとして。私としてはね、春菜ちゃん。ライムちゃんが今現在東君に対してどんな感情を持ってるかとか、それを東君がどう思ってるかより気になる問題があるんだよ」

「えっ？」

「話聞いてる限り、ライムちゃんって必要以上に生き急いでない？」

「……あっ」

「東君への恋愛感情が理由なのか、それとも他に思うところがあってのことなのかは、正直なところライムちゃん本人に聞かなきゃ分からないんだけどさ。別に経済状態に問題があるわけでもなく、差し迫って必要以上に教養を求められる環境でもないのに、仕事と勉強に追われてる状況って健全ではないよね」

「そうなんだよね。前はちょっと気にしてたんだけど、本人が楽しそうにしてたから、水を差すのもどうかなって思って様子見に徹してるうちに、いろいろ機会逃しちゃって、そのまま意識しなくなっちゃって……」

「まあ、そんなところだとは思ってたよ。そこらへんは、私達どころか綾乃（あやの）おばさんですら判断に迷うところだからねえ……」

「だよねえ……」

美優に言われて、いつの間にか気にしなくなっていたライムの問題を、今更のように再認識する。

日本に戻ってきてから、そのあたりの観察がいい加減になっていたのだ。

「ねえ、おばさん。私とか真琴（まこと）さんがそういう注意するの、今更すぎるよねえ……」

「そうだね。ついでに言うと、エアリス様や澪ちゃんだと年が近すぎて、春菜ちゃん達とは別の意味でどの口が、って感じになるし、肉親はこういうとき逆効果になりがちだよ」

「むう……」

春菜の問いに、正直に思うところを告げる美優。

子育てをしていると必ずと言っていいほど直面する問題だが、だからといって万人に通用する確実な対処方法などというものはない類の話だ。

先人達の経験による知恵から、これをやると大概こじれるという対応は分かっているが、それを避けて対処すればうまくいくわけでもないのが悩ましい。

「まあ、東君にも言ったあんまり当てにならないアドバイスを繰り返すなら、ライムちゃんを嗜（たしな）める役は、知り合いで信頼できる既婚で子持ちの女性がいいかな」

「そういうもの？」

「うん。そういうもの」

春菜にそうアドバイスして、再びコーヒーを口にする美優。

本人を直接は知らないうえに、状況や環境によっては大きく変わるところなので、あまり胸を張って言い切ることはできないのがつらいが、少なくとも春菜が口を挟むよりはこじれないだろう。

「具体的に誰っていうのはなんとも言えないけど、日本にいる人間なら、香月君の奥さんなんかは無難なところだと思うよ」

「ああ、詩織さんなら確かに、さっきの条件に当てはまってるよね」

「できたらもう一人ぐらいいたほうがいいけど、春菜ちゃんに心当たりは？」

「う～ん……。……一般的にはちょっと恐れ多い相手ではあるんだけど、向こうに一人うってつけの人がいるのはいるよ」

「へえ？　参考までに誰か聞いていい？」

「エルちゃんのお姉さん」

「……ああ、確かに恐れ多い相手だね」

春菜が持ち出したコネに、思わず納得しつつそう来るかと感心する美優。

いくら条件に合っているからといって、一国の王女相手にこういう相談を持ちかける発想は、普通の人間には出てこないだろう。

というよりそもそも、王族相手にこんなことを相談できるような人間関係を築ける人物のことを、普通の人間とは言わない。

春菜のこのあたりの物怖じのなさは、育ち方によるものであろう。

なお、自身がその育ち方に関わる一人であることについては、きっちり棚上げしている。

「じゃあ、ライムちゃんの件は香月君の奥さんとその王女様にお任せするとして、チラッとしか聞いてないけど、向こうの工房って他にも子供が働いてるんだよね？」

「まあ、ライムちゃんももう向こうの基準だと見習いの年齢だから、働いてること自体はおかしくないんだけどね。いわゆる義務教育の年齢となると、今いるのはライムちゃんのお姉ちゃんのファムちゃんだけかな」

「その子はどうなの？」

「ファムちゃんは生き急いでるっていうのとは違うというか、言ってしまえば沼の住人？」

「ああ、そういうタイプか……」

「うん。トラウマのない宏君みたいなタイプに育っちゃって、好きな遊びもものづくり、お洒落アイテムより生産用の素材が欲しい、って感じなんだよね」

「あ〜、そりゃライムちゃんとは逆に、やりたいことをやりたいようにやらせるのがいいね。ただ、仕事人間にならないように注意は必要だけど」

「それなんだけど……これは宏君もだけど、ファムちゃんの中では仕事でするものづくりと趣味でやるものづくりとは明確に別物みたいなんだよね」

「ああ、いるねえ、そういう人。テーブルとか棚のデザインの仕事の合間に趣味で自分の家に置く椅子のデザインしてたりとか、飲食店の料理人なのに定休日に店じゃ出さないジャンルの凝った料理してたりとか……」

「うん。ファムちゃんもまさにそういうタイプ。まあ、ライムちゃんや他の工房の人と一緒に神の城の遊園地で遊んだりもしてるらしいから、それなりに他の趣味みたいなのもあるっぽいけど」

「だったら大丈夫そうだね」

春菜の説明を聞き、納得する美優。

見習いとはいえ十歳やそこらで働いていることに関しては、社会全体がそういうシステムになっている以上、完全に部外者である美優が口を挟むことではない。

　そもそも社会全体に余裕がないのであれば、子供だから働かなくていいとはならないのはしょうがないことだ。

　子供が搾取されるような労働状況になっていないのであれば、ある程度は家のお手伝いの延長線上とみなすのが、余計なトラブルを招かない大人の対応であろう。

「ああ、でも、よく考えたら向こうの世界の場合、お酒も賭けごとも手を出さないんだったら、仕事以外のやることってそんなにないんだよね」

「ああ、そりゃそうか。全ての国や地域が、娯楽であふれかえってるわけじゃないし」

「うん。向こうだと、出版関係が一番発達してるローレンですら、本は庶民の娯楽にできるほど値段も安くなくて種類もなかったし、そういう状況だから演劇とかもそんなに頻繁に行くほどの演目もないし」

「分かりやすく、仕事が娯楽になりやすい環境かあ……」

「そんな感じ。それでも、ファムちゃんはちょっとのめり込みすぎかなって思うけど、沼の住人にそれを言ってもねえ……」

「だねえ。あんまり言うと反発買って口きいてもらえなくなるだけだしね」

　ファムについての状況を聞き、それ以上は言わないことにする美優。

　仕事が趣味なのではなく、趣味の一部が仕事になっているというのが正解である以上、無理しすぎないように窘(たしな)める以外のことはできないというより、やるだけ不毛だ。

「まあ、春菜ちゃんに言いたいことはこんなところかな？　東君のことでライムちゃんに文句言うにしても、せめて結婚式を挙げてからに、ね」

「うん」

ライムに関することの最終結論を告げ、コーヒーを飲み干す美優。

最後のほうはちょっと横道に逸れたが、基本的に注意しておいたほうがよさそうなことは全部告げた。

あとはもう当人達の問題であり、これ以上は美優をはじめとしたこちらの世界の年長者が口を挟むことではない。

そこに、タイミングを見計らったかのように天音が入ってくる。

「もういいかな？」

「うん。春菜ちゃんに言いたいことは全部言ったから。ここからは天音ちゃんがどうぞ」

「じゃあ、前々から考えてた、春菜ちゃんと美優ちゃんに相談したいことを言うね」

天音のその言葉に、思わず居ずまいを正す美優と春菜。

美優だけならともかく、春菜にも相談したいというのが、とにもかくにもきな臭い。

「といっても、内容自体はそんな大層な話じゃなくてね。例の酵母、権利関係は全部春菜ちゃんが持ってるんだから、ちょっとぐらい大人の都合と無関係な、春菜ちゃんが本当に試してみたいことに使ってもいいんじゃないかな、っていうのをちょっと相談しようと思ってて」

「…………大層な話じゃないけど、大層な結果につながりそうだよね、それ」

結構な爆弾発言をする天音に対し、美優がやや眉をしかめながらそう返す。

「うん。だから、当事者である春菜ちゃんだけじゃなくて、美優ちゃんにも相談したかったんだ」

今までの経緯から考えて、春菜の酵母はどんな使い方をしたところで大事にしかならないのは間違いない。

さらに言えば、今でさえ量が足りてなくていろいろ停滞気味なのに、さらに春菜の個人的な趣味にまで酵母液を回すとなると、設備をどれだけ増設しなければならなくなるか見当もつかない。

「……ねえ、天音おばさん。それって酵母液足りるの？」

「そこはもう、春菜ちゃんが好きに使っていい枠っていうのを決めればいいだけだから、大した問題じゃないよ。それに、春菜ちゃんの畑には今も野生の酵母菌が自由気ままに動き回ってるんだし、春菜ちゃんだったら、そこから必要なぶん集めて培養するくらいできるでしょ？」

「そりゃあ、最初に抽出して培養したのが私だから、手間がかかるだけで簡単にはできるけど」

「でしょ？　春菜ちゃんは律儀だからそういう勝手なことしないってだけで、元から個人的にこっそり何かする分には、酵母液の量って何の問題にもならないんだよね」

春菜の回答に、我が意を得たりとそう指摘する天音。

研究や実験の内容が多岐にわたるうえ、一部商用化されたこともあり規模が大きくなる一方だから酵母液がどれだけあっても足りなくなっているだけで、もともと個人的な研究にひっそり使う分にはそこまで大した量は必要ないのだ。

「そこは理解したんだけどさ。何で天音ちゃんは急にそんなことを？」

「春菜ちゃんが最近いろいろ不安定なの、やりたいようにできないことが多すぎるからっていうのも一因になってるんじゃないかなって思うんだよね。だから、自分で発見して権利持ってるものぐらい、ある程度好きに使っていいんじゃないかって考えたんだ」

「「あ～……」」

天音の指摘に、声を揃えてうめく美優と春菜。

日本に帰ってきてからずっとその傾向はあったが、特に大学生になってからは春菜にしろ宏にしろ、やりたいことをやりたいようにやれなくなっている。

さすがに権能を使って好き勝手というのはどうあっても不可能だが、それほどでもないちょっとしたものづくりや食品加工にまで制約が大きくかかるようになっているのは間違いない。

しかも、そこに加えて大人の都合により待ったがかかったり他の作業が優先されたりと、著しく自由が制限されているのだから、無意識にストレスを溜め込んでいてもおかしくない。

さらに言うなら、それでも宏は神の城という好き放題やって遊べるフィールドを持っているが、春菜にはそれすらない。

自身のそういう不満に対して鈍い春菜は、本人も気づかぬうちに爆発寸前になりがちである。

現状、そのあたりを完全に解消するのは難しいが、多少なりとも緩和できるのであれば、自身が権利を持つ酵母の少しぐらいの私的流用は認めたほうが誰にとってもいい結果につながるのでは、というのが天音の考えのようだ。

「そうだね。最終的には各研究者が自分の考えであの酵母を使うようになるんだし、時期が早すぎる気がするだけで別にやっちゃダメってわけでもないから、私は天音ちゃんの意見に賛成するよ」

「ありがとう。私と美優ちゃんが賛成なら、他の人は簡単に説得できるからあとは春菜ちゃん次第かな？　春菜ちゃんは、何かやってみたいことってある？」

「ん～、酵母だからパンや調味料とかの発酵食品仕込むのに使ってみたいとは思ってたよ」

「じゃあ、酵母の原液を月二百ミリ上限で、発酵食品の研究に使っていいよ」

春菜のやりたいことを聞き、即座に許可を出す天音。

もしかしたら美味すぎて意識を飛ばしたり、涙が止まらなくなったり、巨大化したりする食品ができてしまうかもしれないが、そもそも春菜が本気を出せば、酵母など関係なくそのくらいのことは簡単にできる。

考えようによっては、春菜が料理で張り切りすぎたときに、ある程度ごまかしがきくようになるともいえる。

それに、遅かれ早かれ発酵関係は誰かが手を出すジャンルだ。

天音や美優が関われないところで妙な結果が出るよりは、春菜が何かやらかしてくれたほうがはるかにマシである。

余談ながら天音が提示した酵母の原液二百ミリというのは、希釈して使う関係上結構いろんなことができるが、ちょっと規模の大きい実験をすると一回で使い切ってしまう程度の量である。

個人で使う前提で考えると、十分とまでは言えないが全然足りないというわけでもなく、なかなか絶妙な量だといえよう。

「えっと、足りない分を培養して増やすのは？」

「自己責任でやる分には、こちらからは何も言わないよ」

「取り扱いに困りそうなものができたら、どうしよう？」

「外に出さないようにしたうえで、こっちに報告くれればいいよ。多分初日から何か想定外のものは出てくるとは思うけど」

「だよね～……」

天音の予想に、情けない顔で同意するしかない春菜。

今までが今までなので、どれほどおめでたい頭をしていても、何も起こらないなどと考えるのは無理だろう。

そのタイミングで、通信が入る。

「あっ、宏君からだ。……不具合の改善は終わったけど、長時間機械を停止したあとのチェックが必要だから、今日のところは作業を切り上げるんだって」

「そっか。まあ、保管施設と違って培養のほうは二十四時間起動するわけじゃないから、そのあたりのテストも必要だよね」

宏からの報告に、そう言う天音。

どういうわけか、春菜の酵母は培養可能な時間が決まっており、設備が動いているだけでへそを曲げて繁殖しなくなるのだ。

なので、毎日設備をオンオフすることも必要となる。

ただし、培養している酵母が極端に強いので、普通の食品機器と違い、設備を止めたあと半日がかりでライン全体の酵母かすの掃除しなければならないといったことは必要ない。

というより、工場のどこよりも生産ライン内のほうが清潔である。

「そういうことだったら、今日はもう春菜ちゃんは帰ってもいいかな。ここにいても、データ整理くらいしかすることないだろうし。どうせ、大体終わってるんでしょ？」

「うん。美優おばさんが来るまでだって手持ち無沙汰だったから、いろいろ加工してグラフとか作って遊んでただけだし」

「だったら、早速二百ミリ一個持って帰って、いろいろやって遊んだら？」

「そうさせてもらっていいなら、そうするよ」

天音に言われて素直に頷き、その旨を宏に連絡する春菜。

「じゃあ、今日のところはこれで解散ってことで。あ、そうそう、春菜ちゃん。さっき話したことのついでに、エアリス様とアルチェムさんに花火大会の日程とか連絡しておいて」

「うん、分かったよ。それじゃ」

宏とのやり取りが終わったのを見計らって、春菜に連絡事項を告げる美優。

それに応えつつ部屋を出ていく春菜。

「これで、少しは落ち着いてくれるといいんだけど……」

「私の時もそうだったけど、春菜ちゃん、神化したてって言っていいぐらいの時間しか経ってないから、まだまだ安定はしないよ。特に春菜ちゃんの場合、神化の核になってるのが愛情だし」

「ああ、天音ちゃんとはそういう部分も違うんだ」

「うん。私は単に先祖返りで、何か強い感情が核になったわけじゃないから」

「物の怪の類と間違えられて襲撃されて、パニック起こして神化したのに？」

「それは単なるきっかけで、実は私って生まれつき亜神ではあったみたいなの。だから、最初から属性なんかも全部決まってたんだ」

「へえ。ってことは、春菜ちゃんは天音ちゃんとは違う方向でいろいろ大変なわけか」

「そうだね。まあ、その辺を差し引いても二十歳になってない女の子なんだから、中高生の頃ほどじゃないにしてもまだまだ精神的には不安定なのが普通だと思うよ」

「まあねえ。しかも生まれ育った価値観と真っ向からぶつかりあう状況にいるから、そりゃあ迷走もして当然だしねえ」

「まあ、私達が口を挟むのはこれぐらいにしておいたほうがいいかな、とは思うけどね」

春菜を見送ったあと、現在の状況についてそんなことを話し合う美優と天音。

神化しようが何だろうが、まだまだ大人達からすれば春菜も未熟者なのであった。

☆

「そんで、まずは何からするん？」

美優の説教から一時間後、藤堂(とうどう)家の台所。

来る途中で安永(やすなが)氏から調達した大量の大豆や小麦粉を調理台の上に下ろしながら、宏がそう問う。

「まずは、時間がかかる味噌(みそ)と醤油(しょうゆ)の仕込みからやっておこうかなって」

「ああ、せやな。でも、これ普通に希釈した酵母混ぜるだけでええん？」

「分かんないけど、まずはそれからしかやりようがないよね、実際」

「せやねんけどなあ。これで味噌と醤油ができたら、それはそれでどうなんっちゅう話やない？」

「そうなんだけど、そのあたりは今更じゃないかなあ」

宏の突っ込みに対し、あっさりそう言ってのける春菜。

そもそも、適当に薄めるだけでありえないほど強力な消毒液やら環境調整剤やらに化け、布地にしみ込ませてマヨネーズを塗って焼けば固体電解質になるという時点で意味不明なのだ。料理や調味料づくりに使って意味不明な結果が出たとしても、もはや今更の話でしかない。

「とはいえ、今日はそこまで進まないけど」

「権能も熟成加速器も使わんかったら、ものすごい時間かかるからなあ」

大豆を水に浸しながら、春菜と宏が今後の工程について苦笑しながらそう言う。

味噌と醤油は途中までほぼ同じ工程を踏むのだが、一番最初の水を吸わせて蒸し、潰して麹を仕込むまでで十六～二十時間かかる。

そのうち、水を吸わせる工程として十五時間以上は必要となるので、今日できるのは実質大豆を水に浸して放置することだけである。

なお、現在の時間は午後二時過ぎなので、今から浸しておくと普段よりちょっと早起きする時間に蒸す工程に入れることになる。

明日の朝、そのまま麹の代わりに酵母液を混ぜこんでから畑仕事に行くと、時間的な段取りはとてもスムーズに進むはずだ。

「で、うちの畑の大豆、材料にせんかった理由は？」

「そっちだとすでに酵母菌がついてる可能性があるよね？」

「まあ、せやわな。あの酵母、妙に熱に強かったから、蒸した程度では死なんやろうし」

「だから今更っていえば今更なんだけど、今回の実験には適さないかなあって思ったんだ」

「それ言い出したら、うちらの体、酵母まみれやねんから、結局一緒やん」

「そうなんだけどね、あははは」

宏の突っ込みを受け、素直に認める春菜。

普通はそこまで神経質になる必要はないのだが、春菜の酵母は条件が整っている限りにおいては、納豆菌を凌駕（りょうが）するほど強靭（きょうじん）で繁殖力が強い。

だが、趣味とはいえ研究と銘打つのであれば、納豆菌の扱いくらいは気にすべきであろう。

「まあ、それはええわ。それで、このあと何するん？」

「今日のところはパンを作ってみようかなって」

「パンか。パンっちゅうてもいろいろあるけど？」

「まずはロールパンとかコッペパンみたいなオーソドックスなのがいいかなって。食パンでもいいんだけど、失敗したときのダメージが大きいから、少量で作れるものを実験しようかな」

「せやな、了解や。なんやったら、一次発酵までで置いたパターンと二次発酵までさせたパターンで比較するか？」

「そうしよっか」

「今からやったら、一次発酵のはおやつに、二次発酵のは晩に食べる感じやな」

「だね」

そう言いながら、パンを仕込んでいく宏と春菜。

今回はテストなので、ごく一般的な材料の配合でのパンづくりである。

「で、どんぐらいの濃度のん、混ぜる？」

「そうだね。今までを考えると、10％でも多分濃すぎるよねえ」

「せやなあ。どうせ実験やし、こんぐらいのパン種やったら失敗しても大したダメージないから、思い切って五十倍ぐらいまで希釈するか？」

「それぐらい行っちゃう？　それかいっそ、そこまで希釈するならキリよく百倍とか」

「春菜さんの研究やし、そこは任せるわ」

「……ん～、ここは思い切って百倍希釈でいこう」

「了解や」

春菜の決定を受け、百倍希釈の酵母液を五百ミリほど作る宏。

スポイトと計量カップで雑にやっているが、スキルと権能によりこの手の作業は目分量でも誤差なく正確にこなすことができる。

それを使ってさっさと生地を作り、いくつかに小分けする春菜。

この時点ですでに用意した材料で作れる分量の数倍の量に増えているのだが、これに関しては制御が効かない部分なので二人とも諦めている。

「で、これを薄く丸く伸ばせばチャパティとかあの系統のパンになって、三角に伸ばしてタンドリー窯で焼けばナンになるんやっけ？」

「確かそんな感じ。現地で一次発酵とかやってるのかどうかまでは知らないけど」

「少なくとも、日本のインド・ネパール料理の店やと、ナンは発酵させて柔らかくなるようにしとる気はするで」

「多分ね」

「っちゅうか、この種のパンは種類も名前も多すぎて、正直、全然把握できてへんわ」

「大丈夫。私も全部は知らないから安心して」

そんなことを言いながら生地を観察すること約十五分。特に異常がないのを確認して、成形に移る宏と春菜。

さすがの春菜も、自分の守備範囲外のパンのレシピは知らない。

そもそもの話、パンというのは小麦を主食にしている国や地域の数だけ種類があるといっても過言ではない。

それを全て知っている存在など、パンを司る神ぐらいであろう。

因みに、アジア全域で見た場合、古くから伝統的に食べられているパンは、生地をこねてすぐ、もしくは軽く寝かせる程度で成形して焼く、いわゆる無発酵パンが結構多い。

これは貧富の差とかの問題ではなく、単純に気候風土や水の性質、およびその土地に育ちやすい小麦の品種などによるものである。

実際、日本でも二十世紀後半ぐらいまでは、食パンなどには向かない品種の小麦しか育てていなかったりする。

「で、一次発酵だけで焼いたパンって、どんなんがあるん？」

「いろいろあるけど、今回はピザ生地っぽいやつになる感じかな」

「ピザ生地っちゅうてもいろいろあるけど、ナンの柔らかく云々の流れから言うと、クリスピータイプやなくてふっくらタイプの生地になるんやな？」

「そそ」

宏の確認に、大雑把にそう答える春菜。

その間にも生地がガスを含んで膨らんでくる。

「なんか、イースト菌と比べて、膨らんでくるんが早い気せえへん？」

「それは思ったけど、今の段階では酵母のせいなのか私達のスキルとか権能が仕事しちゃってるのかの判断は難しいかな」

「せやなあ……」

普通なら起こらないはずの現象を前に、やっぱりという顔でそんなやりとりをする宏と春菜。

予想どおりではあるが、やはり悩ましい問題である。

「権能が関わってるかどうかは澪ちゃんに協力してもらえば簡単に分かるとして、スキルの影響か酵母自身の性質かを調べるのはちょっと難しいかも……」

「それ調べるとなると、実験に関わらせて問題ない立場の人で、権能も料理スキルも持ってへんパン焼きのプロ、っちゅう条件になってくるからなあ」

あれこれアイデアを出しつつ、どう対応したものか二人して悩む宏と春菜。

単に趣味でパンを作るというだけなら全く気にしなくていいことではあるが、一応研究という体裁をとる以上はちゃんとしておかねばならないところである。

「……まあ、今日のところは難しく考えないで、普通にパンを焼いて食べてみよっか」

「せやな」

いろいろ諦めて、そんな投げやりともいえる結論を出す二人。

所詮（しょせん）は個人的な趣味の研究なので、細かく考えるのが面倒になったのだ。

「……焼けてきたね」

「匂いは今んところ、おかしなところはないな」

「そうだね」

「問題は味やけど……」

焼き上がりが近くなり、漂ってきたパンの匂いを嗅いでそう評する春菜と宏。

イースト菌を使っていないためあの独特の匂いこそないが、普通に小麦粉の生地を焼いた香りなので今のところ問題といえるようなことはない。

このあと確認するべきは、焼き上がったパンの状態、味や食感、およびちぎったときの断面である。

特に変わったことがないのであれば、イースト菌でいいのだからわざわざこの酵母を使う必要はなく、だが著しくおかしな現象が出るようであれば有益か有害かに限らず研究を止める判断も必要になってくる。

一番いい落としどころは、ほどほどに変わった結果が出てくる程度で終わることであろう。具体的に言うと、米粉パンのように普通のパンとは違った食感のパンができる、あたりだ。

「焼けたから確認だね」

「せやな。匂いは問題ないから、まずはちぎってみて……なんかこう、形容しがたい感じの感触やなあ」

「うん。硬いけど柔らかくて、粘りがあるけどパリッともしてるっていうか……」

「普通は両立せんような感触が同時に発生しとんなあ……」

「それも、層ごとに違う感触とかじゃなくて、つかんで力を入れた瞬間から最後まで同じなんだよね……」

「いろんな意味で、判断に困るでこれ……」

「うん……」

普通ならまだ触れられないほど熱々のパンをちぎり、微妙な表情で評価を下す二人。

冷めたらまた変わるのだろうが、少なくとも現時点ではかなり意味不明な状態になっている。

「まあ、味も確認しよか」

「うん。まずはこのままちぎったのを食べてみて、それから噛(か)みちぎってみて、かな？」

「せやな。……味はコメントしようがないぐらい普通やねんけど、食感がややこしすぎて逆の意味でコメントできんわ……」

「とりあえず、現存してるありとあらゆるピザ生地の食感は全部揃ってる感じだよね……」

「せやなあ……」

難しい顔をしながら、丹念に味を確認する宏と春菜。

味が普通なのはある意味で朗報だが、このなんとも表現しがたい食感は世に解き放ってしまって大丈夫なのか不安が残る。

「冷ましてるうちに、二次発酵もスタートしようか」

「ほな、パンの成形やな」

「うん。せっかくだから、いろいろな形を作って試してみようと思うんだけど」

「それやったら、あえてクロワッサンとかメロンパンっぽい形にしてみるんもありやな」

「そうだね。形に特徴があるパンは、全部真似してみてもいいかも」

宏の悪ノリにいい笑顔で乗っかる春菜。

さすがに中に具を入れる必要があるパンは作れないが、形状だけならどうとでもなる。

実際のところ、普通の生地でクロワッサンの形を作っても単なるロールパンにしかならず、クッキー生地がないメロンパンも当然メロンパン風にすらならないが、当然そんなことぐらい分かったうえで言っている。

あまり意味はないが、形を変えると焼き上がりも変わり、食感には結構影響が出るため、全く無意味とも言えないところである。

「それにしても、ベーカリーでもないのにパン焼き用の二次発酵に対応したオーブン何台も持ってる家っちゅうんも珍しいやんなあ」

「まあ、その話をしたら、キッチンが二つもある家も、片方がレストラン並みの設備の家も珍しいって話になるし」

「そうやねんけどな」

先ほど使ったオーブンがまだ十分に冷めていないため、別のオーブンに成形したパンを突っ込みながらそんな話をする宏と春菜。

さすがに綾羽乃宮邸とは比較にもならないが、藤堂家のキッチンもメインのほうはかなり充実した大規模なものである。

もっとも、綾羽乃宮邸も藤堂家も、あまりメインのキッチンがフル稼働することはないので、宝の持ち腐れ感は結構すごいのだが。

「さて、パンはそろそろいい感じに冷めたかな？」

「せやな。常温ぐらいになっとるわ」

二次発酵させて焼くパンのセットを終え、残しておいたパンの状態を確かめる二人。

宏の言うとおり大体常温と呼ばれるぐらいの温度になったパンだが、ちぎってみた感触は温度以外に全く変化がなかった。

「……普通、どんなもんでも冷めたら多かれ少なかれ変化があるもんやねんけどなあ……」

「一応、気持ち縮んだ気はするんだけど、目の錯覚かもって程度なんだよね……」

「この感じやと、食感も分かるほどの違いはなさそうやな」

「ちょっとぐらいベチョッとしてるとかはあるかも。……うん、なくはないかなって程度」

「硬くなってるっちゅうんもないわ。まあ、冷めたからあんまり匂いせんようになったけど、それぐらいやな」

どうやらこの程度の時間だと、あまりうれしくない変化は酵母の力で防がれるらしい。

冷めたパンは、香りが弱くなった以外にこれといってはっきり分かる変化はなかったようだ。

「これ、一個だけ三日ぐらい置いてみてからいろいろ確認したほうがいいかも」

「せやな。カビでも生えてくれたほうが安心やけど、三日ぐらいやと普通に焼いたパンでも必ずしもカビが生えるとは限らんしなあ」

「生えないときは本当に生えないんだよね」

初めてウルスで鰹節(かつおぶし)を作ったとき、カビ付けがうまくいかないものがあったことを思い出した春菜が遠い目をしながらそうぼやく。

料理スキルがカンストしていたにもかかわらず、なぜか一本だけうまくいかなかったことの衝撃は、今もはっきりと覚えている。

他にも同じ臼でついた同じ塊からちぎった餅を同じ場所で保管しているのに、なぜか一つだけなかなか分かるようなカビの生え方をしないことがあったりと、カビの生え方一つでも様々なパターンがあるものなのである。

「まあ、その辺は経過見る以外やりようないとして、や。パンが焼けるまで結構時間あるんやけど、他になんかやる予定は？」

「チーズとヨーグルトを仕込んでみようかなって。ダメだったときを考えて、ヨーグルトは百ミリぐらいで」

「了解や」

春菜の言葉に頷く宏。

チーズと一口に言っても作り方はいろいろあるが、基本的に加熱殺菌した牛乳に凝固剤となるものを入れて、温度管理によって固めるところまでは大体共通である。

一般家庭ではレモン果汁などを使ってカッテージチーズなどの簡単なものを作るのが普通だが、今回は酵母を凝固剤にするため、本格的なチーズの中でも比較的機材を必要としないモツァレラチーズを作るようだ。

なお、藤堂家にはブルーチーズを作るのに使う機材もちゃんと存在している。

余談だが、ヨーグルトの作り方はチーズに比べるとはるかに簡単で、牛乳に種菌を仕込んで適温で放置するだけである。

無論、ちゃんとしたものを作るには様々な工夫としっかりした機材が必要だし、この作り方では牛乳が腐ってしまうこともよくあるのだが、それでも普通に食べられる程度のヨーグルトはこれで作れてしまうのだ。

一時期、市販のヨーグルトを少し残して牛乳を入れ、新しくヨーグルトを作り足すのが流行ったことからも、ヨーグルトを作るだけなら簡単であることが分かるだろう。

「百ミリやったら、スポイトで一滴垂らす程度やな」

「そうだね」

「パンの結果から察するに、どうせよう分からんことになるやろうけど、まあ腐りはせんやろ」

「だといいんだけど……ね」

慎重に酵母液を混ぜながらの宏の言葉に対し、不吉なことを言い出す春菜。

実際のところ、発酵と腐敗は現象としては同じものなので、普通に腐ったとしか言いようがない状態になる可能性は十分にある。

「チーズはどんぐらいでできるんやっけ？」

「熟成を気にしないんだったら、晩ご飯の頃にはかろうじてチーズと呼べるくらいにはなってるはずだよ」

「ほな、一応そんときに味見するか？」

「そうだね。ヨーグルトも、そのぐらいの時間には腐ってるかどうか分かるんじゃないかな」

「せやな」

各種乳製品の発酵具合について、そんな見通しを示す春菜。

実際のところ、発酵というのは時間をかけてじっくりじわじわと進んでいく現象なので、パン生地のような一部例外を除き、一時間や二時間で分かるほどの変化が起こることはあまりない。

だが、今回使っている酵母はこれまでさんざんそのあたりの常識を覆してきた代物であり、また春菜は発酵食品づくりにも影響する料理のエクストラスキル持ちである。

発酵および熟成にかかる時間が極端に短縮されたところで、何ら不思議はない。

「つちゅうか、牛乳がもうヨーグルトっぽくなってきとんねんけど……」

「さすがに、普通はそんなに早くなかったはずだけど……」

「普通はどんぐらいかかるんやっけ？」

「菌からじゃなくてヨーグルトに牛乳混ぜる方法で、一晩経ったら出来上がる感じだったはず。牛乳に菌を仕込む方法はこっちでは試したことないから、どれぐらいかかるのかはよく知らないかな」

「また適当やなあ……」

「さすがに固まるところまでじっと観察したことなんてないし、そもそも環境でかなり違うから」

「ああ、まあ、せやなあ」

なんともアバウトな春菜の回答に、一応納得はしておく宏。

専門家でも研究者でもないのだから、この程度しか知らないのは当然だろう。

とはいえ、反応が早いということは傷むのも早いのではないかという不安は、どうしても払拭（ふっしょく）できない感じではあるが。

「さて、次の作業まで結構時間あるし、普段やらないような手間のかかる料理しない？」

「別にええけど、何作るん？」

「ん～……。ビーフシチューはさすがに時間が足りないし、ロースト系は基本的に下味付けて馴染ませる時間とオーブンで焼く時間がメインだから手間がかかるっていうのとはちょっと違うし……。よし、シチューはシチューでもクリームシチューにしよう。あと、パテとか前菜になるのを数種でいいかな」

「せやな。カレーとかシチューは、市販のルー使わんかったら結構手間かかるし」

春菜の決定に、それでいいんじゃないかといった反応を示す宏。

カレーやシチュー、コンソメ、ブイヨンなどは、ルーやインスタントを使わなければ一気に手間が増え難易度が上がる典型である。

これらに関しては、メーカーの開発努力に感謝すべきであろう。

「それにしても、手間かかる料理って、全体的にメインにならんもんが多い気がすんで」

「そうだよね。コロッケとかポテトサラダなんかも時短手段があるっていっても面倒は面倒だし、そのくせメインとはとても言えないし」

「コンソメに至っては、家庭で作れるようなもんやないのにそれ自体は単なるスープやしなあ」

「むしろ、そこからいろいろな料理に派生させる感じだしね」

「メインになるっちゅうたら、焼きもんと揚げもんやけど、揚げもん系は後片付けはともかく調理そのものはポテトサラダとかほどやないし、焼きもんは時間かかるけど手間かっちゅうとそうでもないしなあ」

「フライパンで焼くのはつきっきりでなきゃだめだけど、そんな長時間観察してどうこうするわけじゃないから、オーブン使う料理はタイマーかけて放置だしね」

「最初から最後まで手間かかる系は、塩釜焼きぐらいか？」

「あれは確かに手間かかるけど、演出効果も含めて堂々たるメインだから、むしろ手間の分の価値はあるんじゃないかな」

料理について思うところを話しながら、見た目に華やかで手間のかかる前菜系料理を仕上げていく宏とクリームシチューづくりを進めていく春菜。

そんなこんなで後はシチューを煮込むだけ、となったあたりでパンが焼き上がる。

「……同じ生地なのに、形変えただけでびっくりするほど別物になってるよね……」

「……せやな。譲って硬めのちょっとカリカリしたパンとふっくらふんわりなパンがあるんまではええとして、なんでメロンパン型にしたやつの表面がクッキー生地になっとったり、クロワッサン型がクロワッサン生地に化けたりしてんねん……」

「そもそも、ちぎった断面ににじみ出てくるほど、バター入れてないはずなんだけど……」

「こら、パン酵母として使うんは没やな。成形ミスったやつがわけ分からんことになっとるし」

「そうだね。成形ミスの分の仕上がりも問題だけど、そもそも原理の説明が無理だし……」

焼き上がったパンのでたらめぶりに、頭を抱える春菜と宏。

真っ当なパンができるとは思っていなかったが、これはちょっとどころでなくアウトだろう。

「一次発酵で止めたやつは、新食感の範囲に収まる程度やったから、さほど問題なかったんやけどなあ……」

「さすがに成形の仕方だけで生地そのものが別物になるとは思わなかったよ……」

「これ、チーズとヨーグルトは大丈夫か？」

「分かんない……」

やたら美味しい酵母パンを試食しながら、困ったものだとぼやく宏と春菜。

とはいえ、現時点ではパン以外はまだ結論が出せる状態ではない。

「まあ、パンは没にするとして、他のものについては晩ご飯の時に確認して決めよう」

「それしかないわな。味噌と醤油はどないするん？」

「そっちは継続で」

「了解や」

なんとなく方針を決め、これ以上は作りすぎになるからといったん作業をやめて夕食まで大人しくしておくことにする春菜と宏。

一応出てきた結果をまとめておこうと、二人で一時間ほど記録を作る。

そして夕食時。

「……これ、絶対ヨーグルトではないやんなあ……」

「……うん。何だろうね、これ……」

「また、けったいなものができたわねえ」

「プリンともゼリーとも寒天ともナタデココとも違う感じの感触……」

「ねえ、お姉ちゃん、義兄さん。わたしの記憶が確かなら、牛乳ってこういう固まり方は普通しなかったはずなんだけど？」

せっかくだからと真琴と澪、深雪も誘って、問題児であるヨーグルトを確認したところ、ナタデココに似た弾力とクリームブリュレのような柔らかさを持つ、なんとも形容しがたい固形物ができていた。

「見た感じ、食べて死ぬことはなさそうだけど……」

「それと食べていいかは別問題」

「澪の言うとおりね。あと、ぶっちゃけあたし達じゃ、本当に食べて大丈夫かの判定は無理じゃないかしら？」

「せやなあ。こっちの毒物とか細菌、ウイルスの類は、兄貴にすら通じんし」

「わたし、実験台になるのは絶対いやだからね」

「いやいやいや。ちゃんと明日にでも研究室に持っていって、毒素とか有害な成分とかがないかチェックするから」

深雪の実験台という言葉に、春菜が慌ててそう告げる。

さすがに、どんな成分が入っているか分からないものを妹に食べさせるつもりはない。

「チーズのほうは、チーズではあるわね」

「こっちは、もうちょっと熟成させてからかなあ」

「ん。これだと、かろうじてチーズってレベル」

ついでだからと確認したモツァレラチーズのほうは、一応チーズらしくはなっているというところだった。

ヨーグルトほど見て分かる状態になっていないこともあり、まだ様子見が必要そうだ。

「まあ予想どおりっちゃあ予想どおりやけど、この分やと味噌と醤油も変なもんができそうやな」

「だよねえ。ただなんとなくだけど、納豆系にはならないいんじゃないかって感じはするよね」

「せやなあ。ここまでの変化が納豆とは全然違う路線やしなあ」

これまでの傾向から、そんな予想する宏と春菜。

消毒液など他のものでも、匂い関係はこれといって変わったところはなく、また糸をひいたりといった方向での粘り気が出たこともないので、納豆やくさや、シュールストレミングのようなタイプの発酵食品に化ける可能性が低いというのは、さほど的を外した予想ではないだろう。

「春姉(はるねえ)、師匠、お腹減った。現段階での状況も分かったし、ご飯」

「そうね。いい加減ご飯食べないと、いろいろ遅くなるわよ」

「それにしても、お姉ちゃんも義兄さんも、今日はいつになくいろんなもの作ってるねえ」

「パンの発酵とか焼き上がり待つ間、暇やったからな」

「普段作らないような手間がかかるものを暇潰しがてらに、ね」

「だから、クリームシチューもホワイトソースから作ってたんだ」

宏と春菜の言葉に、今日のメニューについて得心がいったという感じで深雪が言う。

「因みにカレーやなくてシチューなんは、実験で焼いたパンに合わせる前提やったからやな」

「別にどっちでもよかったんだけど、焼き上がったパンがカレーといまいち合わない可能性もあったから」

「結果的には正解やったな。一部のパンは、さすがにカレーとはちょっと相性ようないし」

一部のパン、という宏の言葉に、なんとなく不吉な予感を覚える一同。

同じ生地を使って焼いたのであれば、形状による食感や火の通り方の違いはあっても、味の面ではそう大差ないものができるはずだ。

なのに、一部のパンと言い切るところが、とにもかくにも不安をそそる。

その不安は的中し……

「ねえ、春菜、宏。なんでメロンパンとかクロワッサンとかがあるの？」

「形で焼き加減がどう変わるか実験しよう思って、メロンパン風とかクロワッサン風の形にしたら、なんでかメロンパンとかクロワッサンに化けてん」

「不思議なことに、必要最低限しかバター入れてないはずなのに、クロワッサンとかデニッシュ系のパンはじゅわっとバターがしみだしてくるんだよね」

「意味分かんないわよ……」

同じ生地で作られたとは思えない多種多様なパン。その中でも特にありえないものに即座に真琴が突っ込みを入れる。

「真琴姉、真琴姉。どうせ春姉達もどうしてこうなったか分かってないから、突っ込むだけ無駄」

そんな真琴に、妙に冷静な澪が突っ込みを入れる。

その横では、コッペパンを手に取った深雪が、とても悩ましそうな顔をしていた。

「なんか変な顔しとるけど、どないしたん？」

「別に大したことじゃないんだけど、コッペパンって一般的にどんな特徴があったか思い出せないなあって」

「せやなあ。給食ぐらいでしか食べたことないけど、給食のパンって基本形が違うだけの同じパンやったから、いまいち印象に残ってへんなあ……」

妙に深刻な表情をしていた割に軽い深雪の悩みに、よく考えれば自分も全然覚えていないことに気がつく宏。

「春姉と真琴姉はどう？」

「私も、給食の時コロッケとかを挟んだものしか食べたことないから、コッペパンそのものの味とか特徴って、給食のパンとしか認識してないかな」

「そもそも、給食以外でコッペパンなんて進んで食べないから、この手のパンはバターロールぐらいしか覚えてないわねえ」

「ん。つまり、このコッペパンは給食のパンの味」

「一番影響がありそうなお姉ちゃんの認識が、給食のパンだもんねえ」

全員の認識を確認した澪の結論に、深雪が同意する。

実際に食べたコッペパンの味も、やはり給食のパンとしか表現できないものだった。

「この感じだと、パンに関しては春菜の記憶やイメージを勝手に再現するっぽいわねえ」

「ん、ある意味無難。でも、一般的な用途としては使えない」

「だよねえ……」

「できたら日本酒とか焼酎なんかも試してみてほしいけど、そっちは春菜がまだお酒飲んだことないから、パンより結果が怖いわねえ……」

「お米でお酒醸造したら、十中八九みりんになる気はするけどね」

パンの結果を受け、無念そうに真琴が酒造りの提案を取り下げる。

そこに、春菜が無慈悲な追撃を入れる。

結局、この日の夕食での感想会の結果、春菜の酵母による発酵食品づくりは調味料とヨーグルト、チーズだけに絞られることになるのであった。

第71話 大人って、ものすごく長いのよ

「いらっしゃい、エルちゃん」

「本日はお招きいただき、ありがとうございます」

　もはやエアリスを招くことが恒例となった感がある、綾羽乃宮庭園の花火大会の日。

　エアリスは、朝から手土産と書類を持って藤堂家を訪れていた。

「えっと、アルチェムさんは？」

「世界樹関連で少し用事があるそうで、お昼前にはこちらに来るとのことです」

「了解」

　アルチェムの予定を聞いて頷く春菜。

　アルチェムがこういうことであとから合流になるのは、珍しい話ではない。

「ところで、本日ミオ様は？」

「未来さんから呼ばれてて、向こうでの合流になるよ。因みに、真琴さんは久しぶりに祭りの屋台とか堪能したいからって、先に一人で出かけちゃってる」

「そうでしたか」

　ここに出入りする他の女性陣の動向を聞き、なるほどと頷くエアリス。

なお、詩織(しおり)は基本的に達也(たつや)とワンセット、宏(ひろし)は今回着付けが絡むのが分かっているため、こういう日は藤堂家に近寄らない。

「それで、エルちゃん。その書類は何かな？」

「ファムさん達から頼まれて持ってきたもので、皆さまに検討してほしい案件です」

「私達が？」

「はい。ファムさん達が、そろそろ新しく人を雇ってほしいと」

「あ～……」

エアリスに言われ、思わず納得の声を上げる春菜。

ジノ達を雇ってから、すでに二年以上が経っている。

成功率や品質に目をつぶれば、ファム達はすでに二級のポーション製造に成功しているし、ジノ達はそろそろ五級がメインである。

他の生産カテゴリーも似たような感じで、もはや料理と裁縫、それから特殊事情で強化された錬金術以外は、春菜よりファム達のほうが上と断言できるレベルである。

いい加減、後輩を作ってやらないといけないだろう。

なお、今でも春菜は自分の霊布製の下着を作っていることもあって、裁縫はまだファム達には追いつかれていない。

むしろ、未来からデザインやら特殊縫製やらを学んで超本気の勝負下着を作っている分、技量を引き離しにかかっている面がある。

「ってことは、その書類は履歴書か何か？」

「そんな感じです」

「インスタントラーメン工場の時は人材がネタ切れで採用に苦労するって言ってたと思うけど、今回は大丈夫だったの？」

「ある種の国家機密が絡むあの時と違って、今回はむしろ他の王家の推薦も受け付けたほうが角が立ちませんので、そのぶん集めやすくはありました」

ウルスのインスタントラーメン工場稼働の際にあったことを思い出し、春菜とエアリスが微妙な感じの笑顔を浮かべながらそんな話をする。

宏達はかつてレイオットに頼まれ、達也を中心にインスタントラーメン工場の採用試験を作ったことがあった。

その時は、春菜は試験そのものに関して直接的に何かをすることはなかったが、それでもなかなかドタバタしたのは覚えている。

「まあ、うちは小規模な個人経営の工房だし、あそこまでかっちり採用試験をするつもりはないけどね」

「ヒロシ様の下で働く場合、前歴や経験はあまり関係ありませんしね」

そこまでするのは面倒くさい、という気持ちを隠そうともしない春菜に対し、苦笑しつつそんな感想を告げるエアリス。

現実問題として、作業内容には日本の常識もフェアクロ世界の常識もほとんど通じないのがアズマ工房だ。

他の工房で働いた経験などほとんど役に立たないし、逆に一度も働いたことがなくても大して問題にならない。

「正直な話、私はファムちゃん達が好きに決めていいと思ってるんだけど、そういうわけにもいかないんだよね？」

「はい。最低限、ヒロシ様とハルナ様にちゃんと確認をしていただいたうえでないと……」

「責任者っていうのはそういうものだって分かってはいるけど、いろいろ面倒だよね……」

そう言って、深くため息をつく春菜。

別に責任を取るのが嫌だというつもりは一切ないが、もはやアズマ工房の運営は春菜達の手を完全に離れている。

できることなら、口を挟むのは手に負えない問題が出てきたときだけにしたい。

「これって、すぐってわけじゃないんだよね？」

「はい」

「だったら、日を見て向こうに行くから、その時に面接をやるよ」

「お願いします」

「じゃ、着付け……はまだ早いから、ちょっとお茶でもしよっか。相談したいというか、エルちゃんに頼みたいこともあるし」

「頼みたいこと……ですか？」

「うん」

今考えても仕方がないことを棚上げして話題を移す春菜。

春菜の頼みたいことという言葉に、小さく首をかしげるエアリス。

「うん。ライムちゃんのことで、エレーナ様にちょっとお願いしたいことがあるんだ」

「……ああ、そういうことですか」

エレーナの名前を聞いた時点で、春菜の思惑を察するエアリス。

とはいえ、思い違いがあってはいけないので、念のために何を頼みたいのかを確認する。

「ハルナ様。エレーナお姉様に頼みたいことというのは、ヒロシ様とライムさんのことでよろしいのでしょうか？」

「うん。私やエルちゃんだとこじれるだろうし、美優おばさんにも叱られたうえでそうするようにアドバイスをもらったんだよね」

「叱られた、ですか？」

「うん。ライムちゃんの恋愛感情について、今の段階で私達が四の五の言うな、ってね」

「…………」

ぐうの音も出ないほどの正論に、思わず申しわけなさそうにうつむいてしまうエアリス。

そのエアリスの様子に苦い笑みを浮かべながら、春菜は美優から告げられたことをそのまま話し始める。

「美優おばさんは、宏君に対してはこれまでのことも踏まえてべつに気にしなくていい、みたいな感じで話をしたらしいんだけど、基本的には恋愛感情を持つこと自体はむしろ推奨すべき、って考えみたいでね」

「……そうですね。私の場合、ライムさんの気持ちを否定するのは自分の過去を否定するのと同じですし……」

「そのあたりは横に置いておくとして、ライムちゃんに関しては、恋愛感情云々とかそれが成就するかどうかとか、そういうところが問題じゃないんじゃないかって言われたんだ」

「と、言いますと……？」

「ライムちゃんは、ちょっと生き急ぎすぎてるんじゃないか、って指摘されてね……」

「あっ……」

春菜の言葉に、思わず声を上げてしまうエアリス。

ライムの成長には目を見張るものがあるが、それは裏を返せば子供である時間がどんどん短くなっているということでもある。

エアリス達が恋愛的な意味で脅威を感じた原因でもあるが、そういう要素を横においても、そのままにしておいていいのかという不安がある。

「それで、生き急いでもあんまりいいことはないってことをライムちゃんに納得してもらわなきゃいけないんだけど、今回に限っては、私とかエルちゃんが言ってもダメだから……」

「それで、エレーナお姉様、ですか」

「うん。ライムちゃんが信頼してる年長者で、この件に関してできるだけ中立で、可能であれば出産経験のある女の人にお願いすること、って美優おばさんからアドバイスがあったんだ」

「あの、その条件だと、お母様のほうが適任なのではないでしょうか？」

「王妃様にお願いするのも考えたんだけど、今度は逆に、私達のほうで接点が少ないから……」

「確かに……」

春菜の言葉に、そういえばそうだったと頷くエアリス。

なんとなく暗黙の了解でアズマ工房との交渉役が国王もしくは王位継承者と決まってしまっていることもあり、アヴィンとプレセアのような特殊事例を除けば、意外と王妃や王配との接点はなかったりするのだ。

「そういう理由だから、エレーナ様にお願いしたいんだ」

「分かりました。お姉様に伝えておきます」

「うん、お願いね。あと、王家にだけお願いするのもなんだから、詩織さんにも頼んであるんだ」

「なるほど、シオリ様なら大人の女性として説得力があります」

春菜にそう言われ、心の底から納得するエアリス。

雰囲気や肌の張りなどの影響で見た目の年は春菜と大差なく見える詩織だが、大人の女性としての包容力という点では、春菜やエアリスがどう逆立ちしても太刀打ちできない。

「……最近ね」

「はい」

「大人になろうが女神になろうが、結局大して変わらないんだなって思うんだよね」

「……そういう話をすると、私なんて聖女などと持ち上げられても、実態は身近な方の悩みも受け止められない、単なる小娘にすぎません……」

お互いに思うところを愚痴っぽくこぼし、同時にため息を漏らす春菜とエアリス。

どれだけ濃い人生経験を積んでいようと、どれだけ多くの修羅場をくぐっていようと、二人ともまだ二十歳にもなっていない小娘だ。

経験の幅という面ではどうしても偏ってしまうこともあり、王妃達や美優などに比べると未熟な面も多い。

こればかりは積極的に様々なことにチャレンジして、いろんなことに対する場数を踏む以外にない。

「……せっかくのお祭りなんだし、へこむのはこれぐらいにしておこうか」

「そうですね」

春菜の提案を受け、気持ちを切り替えることにするエアリス。

そのままリビングでお茶を飲みながら、面接やエレーナに対するお願いの段取り、今日の浴衣の柄などについての話で盛り上がる春菜とエアリスであった。

☆

「なるほどなあ。それで詩織とエレーナ様か」

「ちょうどいい人選なんじゃない？」

その日の夜。綾羽乃宮邸のいつもの花火大会観覧席。

合流した達也と真琴が、春菜とエアリスの話を聞いていろいろ納得したように言う。

なお、宏は現在天音と何やら話し込んでおり、アルチェムは到着してすぐに未来に拉致されて澪ともどもまだ出てきていない。

菫は現在お昼寝中で、詩織がすぐに対処できる位置に置いたゆりかごに入ってぐっすり眠っている。

「でも私、菫のお披露目会してからほとんど向こうに行ってないんだよね～。そんなので、ライムちゃんがちゃんと話を聞いてくれるのかな？」

「当事者じゃない分、春菜達よりは話が通じると思うぞ」

「そうそう。こういうのは全員と親しくて、かつ傍観者に近い人間のほうがこじれなくて済むことも多いし」

不安そうにする詩織に対し、達也と真琴が安心させるようにそう告げる。

実際、達也は営業先で似たような話を腐るほど聞いているし、真琴もネットの海に入り浸っているときにあっちこっちの掲示板などで見ている。

しょせん伝聞なのでかなり盛った話かもしれないが、類似事例が多いこと自体は間違ってはいないだろう。

無論、逆の事例も同じぐらい多いのは言うまでもないが、そこはもうお互いをどれだけ理解し信頼関係を築いているかによる部分だ。

こればかりはもう、それまでの自分達を信じるしかない。

「でも、詩織さんが行くのはいいとして、菫はどうするの？」

「スミレさんに関しましては、ライムさんと話をするぐらいの間ならばアレックスと共にお姉様の侍女に面倒を見てもらうことも可能かと」

「それについては問題ないとは思うんだけど、そもそも気軽に菫ちゃんを向こうに連れていっていいのかなってところがね……」

真琴の疑問に対するエアリスの提案に、一番悩ましいと思っている部分を口にする春菜。

生まれたときからすでに手遅れ感が漂っていたとはいえ、あまり頻繁に向こうへ連れていくのはためらいがある。

「ねえ、春姉（はるねえ）。そこはむしろ、何度も連れていってなじませるという手も」

「あっ、澪ちゃん。やっと終わったんだ……ん!?」

ようやく未来から解放されたらしく、唐突に澪が話に割り込んでくる。

その言葉に返事をしようと振り返り、澪の姿を見て固まる春菜。

釣られて視線を向けた他のメンバーも凍りつく。

それもそのはずで、本日の澪はすさまじく『攻めた』デザインの浴衣を着こなし、非常に妖艶（ようえん）な色気を振りまいていたのだ。

といっても、よくある和服のエロ系キャラのように故意に着崩して胸の谷間と北半球を露出させて、というようなデザインではない。

裾こそ浴衣としては短めではあるが、そこまでの露出もなく、色っぽくはあるが下品さはない。

が、澪のメリハリの利いたボディラインをうまく強調しつつ、浴衣としての印象や特有の魅力を損なわないデザインにより、下手に着崩すより色気やエロスが増幅されている。

全体的に和風な容姿をしている澪の魅力を、いけない方向に最大限引き出したと言い切れる浴衣だと言えよう。

そんな実験要素満載の『攻めた』浴衣を堂々と着こなしながらも、どことなく恥ずかしそうに頬（ほお）を染めているところがより妖艶さを増幅しているのだが、本人は気づいていないようだ。

澪の着たものでこんなふうに絶句する羽目になるのは、中学の制服とスクール水着に次いで三度目。

　だが、今回は超一流のデザイナーである綾羽乃宮未来が、ただただひたすら澪の魅力を増幅するためだけに、その実力をフルに発揮し全力投球した衣装だ。

　これまでのありあわせのものとはケタ違いの破壊力である。

　もっとも、ここまでやってなお、ダールの時に色ボケした春菜のエロさと互角なのだから、春菜のポテンシャルは底知れないものがある。

「……みっちゃん、ちょっとやりすぎだったんじゃない？」

「……だって、こうでもして危機感を煽らないと、春菜ちゃんは逃げちゃって服を本気で作らせてくれないんですもの」

「だって」

　春菜達が絶句しているところに、どことなく遠い目をしている美優と明らかに肌がつやつやしている未来が顔を出す。

　その未来の言い分を聞いて、真っ先に復活した達也が突っ込みを入れる。

「春菜の危機感を煽りたいってのは分からんでもないですが、さすがにこれはやりすぎじゃないですか？　これで外なんかに出たら、冗談抜きで澪の身が危ない」

「分かっていますわ。私だって、こんなに美人で綺麗で可愛くて妖艶で色っぽい澪ちゃんを、全く縁もゆかりもない方々の目に晒そうとは思いませんもの」

「だったら……」

「でも、私はファッションというのは、三つの種類があると思っていますの」

達也の突っ込みに対して、未来がそんな風に脈略のないことを言い出す。

未来が何を言いたいのか分からず怪訝な顔をする達也。

その様子を気にするそぶりも見せず、未来はそのまま持論を語り始める。

常日頃から、割とこういう感じでペースを握られてしまうこともあり、我に返った春菜達がどこか諦めた顔で未来の持論を聞く。

「一つ目は、日頃の仕事や初対面の相手と会うときなどに着る、礼装とまではいわずとも礼儀として大体の型が決まっているファッション。これはほぼ選択の余地はなく、よっぽど似合わない服を着ていない限りは状況に合っていて失礼にならなければそれでいいというものです」

「最近は、変に尖った連中が『そういうのを無視する俺、かっこいい』みたいな感じで空気読めない格好で仕事してたりするけどね」

「逆に、駆け引きの一環としてわざとそういう服装で出ていくケースもあるよ？」

未来が語った一つ目のファッション。その内容に思うところがあったのか、真琴と春菜がそんなことを口にする。

別に何でもかんでも無条件に伝統やしきたりに合わせればいいとは思ってはいないが、駆け引きや変革の必要があるわけでもないのに反発したいというだけでそれを無視をするのは、それはそれでどうかという感じである。

そもそも、反発するにしても効果的なやり方というのがあるので、そこを考えずに気持ちだけで突っ走って独りよがりな真似をするのは、本人の意識とは逆に周囲から見ると格好悪く見えるのが世の中というものだろう。

「未来さん、二つ目は何？」

「二つ目は自分の満足のために自身を飾り立てる、自己顕示を主眼としたファッション。その斬新さと容姿とが調和し、時代の美意識などと一定以上の水準でマッチすれば流行となります。一般的にファッションと呼ばれるものは、大抵これを指すでしょう」

「未来さんのお仕事は、基本的に二番目なんですよね～？」

「ええ、そうなります。実際には一番目と二番目のすり合わせを行うのも、私達デザイナーの重要な仕事ですが」

澪に促され、本来の自分の仕事を二番目のファッションという形で説明し、詩織の質問に補足を入れる未来。

いわゆる制服やフォーマルな衣装、それも特にスーツなどは定型から大きく外れられないため意識されることは少ないが、その制約を守りながら新しいデザインをするのもデザイナーの重要な仕事である。

「……私は立場上、一番目のカテゴリーに入る服装か、お忍びで浮かないようにすること以外考慮していない服装しかしたことがありませんが、ファッションというのもなかなか奥が深いものなのですね……」

「正直、私みたいに人界から隔離されたど田舎で農業をして生きてきた女には、難しすぎてついていけません……」

「私も、立ち位置が違うだけで一般社会から隔離されてきたというのは一緒ですから、アルチェムさんとそんなに大きく変わりません……」

奥が深すぎてついていけないファッションがらみの話に、後ろのほうで空気になっていたエアリスとアルチェムが、そんな風にどこか恐れおののく感じで言い合う。

「ん。エルの場合、そもそも服を選ぶ自由すら、割と最近まで存在しなかった」

そこに、エアリスのセンスが育たなかった根本的な原因を挙げて澪が突っ込む。

「いえ、全くなかったわけではなく、好みぐらいは告げてもよかったのですが……」

澪の突っ込みを、遠い目をしながら否定するエアリス。

残念ながらカタリナの乱が完全に終息するまで、エアリスは己の好みを口にするという習慣が一切なかった。

非常に幼い頃は食事にしても服装にしても、一応好みは言っていた。が、カタリナの陰謀でわがままな悪役にされていたこともあり、しつけの名のもとにありとあらゆる好みは否定されてきた。

そのため、宏達のもとに来るまでは、そもそも好みを言う、選ぶ、という行動自体を半ば忘れていたのだ。

なお、アルチェムは服装に関しては、エアリスとは違う意味で選択の余地がほとんどなかったのだが、これに関しては言わなくても分かることなのであえて誰も触れない。

「そんなこと言ってる澪自身も、ファッションに手を出せるようになったのって向こうに行ってからだろ？」

「否定しないけど、ボクの場合は資料だけはいくらでも」

「その資料とやらが、いまいち活かされてない感じなんだが？」

「うっ……」

人のことは言えないだろう、という達也の突っ込みに、思わず答えに詰まる澪。

動けるようになってからこっち、常に自分の体形にコンプレックスを持っている澪は、自分のセンスにどうにも自信を持てないこともあってか、あまり積極的にファッションを楽しもうとしないところがある。

「みっちゃん、みっちゃん。話が逸れてるっていうか、割と最初の段階から何を言いたいのか分からないよ」

「大丈夫です。次の三つ目が本題ですから」

明らかにかつあからさまに話がずれだしたことに美優が突っ込んだところで、未来がようやく澪をこんなヤバげな方向に着飾らせた理由に触れる。

「私が考えている三つ目のファッションは、特定の誰かに見せるためだけのもの。私は今回の澪ちゃんの浴衣を、東君と春菜ちゃんに見せるためだけに作りましたの」

「えっと、宏君は分からなくもないけど、私に見せるっていうのは……？」

「そろそろ、春菜ちゃんも東君のためだけに着る勝負服を模索する、その時期に来ていると思います。でも、春菜ちゃんに話を持ちかけても、すぐに逃げちゃいますから……」

「……うっ、ごめんなさい……」

「春菜ちゃんは神衣だけで十分だと思っているかもしれませんけど、前に見せてもらった印象でいうならば、あれは礼服や正装の類か、そうでなければ完全に一番目のファッションに分類できるものです。東君だけのために着る服にはなりえません」

未来の指摘に、ぐうの音も出ない春菜。

威力がありすぎて現状では宏ぐらいにしか見せられないとはいえ、神衣は神としての制服のようなものだ。

いくら一番似合う服のカテゴリーに入ったところで、あれは恋愛方面での勝負服にはなりえない。また、ストーカー先輩などの事情もあって、春菜が本気でおしゃれをするということから逃げ回ってきたのも事実だ。

まだ意識の上では完全におしゃれをする方向には向いていない春菜だが、それでも必要に駆られたとはいえ真琴と未来がデザインしたドレスを積極的に身にまとったのは、いろんな意味で喜ばしいことである。

春菜の生活を踏まえると、ドレスという時点でどうがんばっても未来の言う一番目のファッションか礼装かのどちらかにしかならないので、ここからは普段着や他人が立ち入れないプライベートで身につけるファッションに意識を向けるべきであろう。

今更逃げる必要などないとはいえ、すっかり苦手意識がついてしまっているのである。

なお、言うまでもないことかもしれないが、ここまでのファッションの定義はあくまで未来個人の考えであり、また、それぞれを明確に区別できるわけでもない。

「とはいえ、今まで避けようとしていたぐらい苦手意識があるのに、いきなり一足飛びに進めてもうまくいかないでしょうから、まずはそれほど遠くない時期のことから考えましょう」

「遠くない時期？」

「ええ。春菜ちゃん、成人式はどうします？」

「あっ」

未来に言われ、思わず小さく声を上げる春菜。

最近いろいろあって忘れていたが、年が明ければ宏も春菜も成人式である。

現在は八月半ば。正味で言えば五カ月を切っている。

未来が張り切っている時点で十中八九オーダーメイド品になるので、振袖（ふりそで）にするならそろそろタイムリミットである。

「因みに、美優おばさんか未来おばさんは、宏君が成人式どうするか聞いてる？」

「それは前の飲み会の時にちょっと聞いた。リハビリもかねて出席はしたいって言ってたから、だったら羽織袴（はおりはかま）でって勧めておいたよ。因みに、一応東家にも家紋があるらしいけど、東君の場合は立場的にも本質に合わせた新しいのを作ったほうがいいんじゃないか、とは思ってる」

春菜の問いに、美優がそう答える。

前回の飲み会で、宏と美優はある程度踏み込んだ話ができる間柄になっているのだ。

「宏君が参加するなら、私も参加だね。羽織袴だったら、自動的に振袖になるかな」

「春姉、蓉子姉（ようこねえ）や美香姉（みかねえ）にも話を通して、同窓会にしたら？」

「参加するって言ったら、自動的にそうなると思うよ、多分」

このあと合流する予定の蓉子達に成人式の件で連絡しつつ、澪に対してそう答える春菜。

地元に帰ってきての成人式なんて、基本的に同窓会的な企画とセットになるものである。

「で、話がさらに逸れてる気がするんだけど、元の話って何だったかしら？」

「詩織さんにライムちゃんと話してもらう間、菫ちゃんをどうしようかっていう話」

「あっ、そうだったそうだった。で、結局どうするの？　向こうに連れていく？」

話を元に戻したついでに、どうするつもりなのかを確認する真琴。

真琴から振られて詩織と目と目で通じ合ったところで、達也が代表して考えを告げる。

「できることなら必要以上に向こうに連れていくのは避けたいが、今回はそこそこの時間になりそうだからな。連れていっておいたほうがいいだろう」

「なんかこう、いろいろとごめんね」

「タツヤ様、シオリ様、ご面倒をおかけします……」

「戻ってから、割と達兄（たつにい）と詩織姉（しおりねえ）に助けてもらってばかり……」

「ハルナさんやエル様はまだしも、私はあまりお返しできることがないのが心苦しいです……」

達也の決断に、申しわけなさそうに頭を下げる春菜達。

そんな反応に、苦笑しながら小さく頷く達也。

「いいっていいって。ただ、菫の今後のことについては、ちょっと注意してほしい」

「分かってるよ。といっても、どう注意すればいいか、っていうのが難しいんだけど……」

「だろうなあ……」

達也にとって最重要ともいえる要求に対し、悩ましい表情でそう答える春菜。

その春菜に対し、美優が助け舟を出す。

「多分、そんなに心配しなくても大丈夫だよ」

「あの、ミユ様。私が聞く限りでは、日本では魔法や精霊、ヒューマン種以外の種族といった、そういったものが実在すると口にする方への当たりが非常にきついようなのですが、本当に大丈夫なのでしょうか？」

「大人の世界ではそうなんだけど、子供が言う分には割とどうとでもなるんだよ。理由はいろいろあるけど、なんだかんだ言って三歳から四歳ぐらいの子供って、かなりの割合でそういうのが見えてるっていうのが大きいんだよね」

「えっ？　そうなの？」

いきなり大丈夫と言い出した美優に対するエアリスの疑問、その答えに思わず素でそんな風に声を上げてしまう春菜。

七歳までは神の子とはよく言うが、さすがにそこまでとは思ってもみなかったようだ。

「子供がよく妖精さん見つけたとか、怖いのがこっち見てるとか言うの、実は結構な割合で実際にそこにいるんだよ。まあ、菫ちゃんみたいに精霊を捕まえて従属させるなんてやんちゃできるほどの子は、さすがにめったにいないけど」

「それは知らなかったけど、だからって大丈夫ってことにはならないんじゃ……」

「要するに、それぐらいまでは見えたとかいるとか言っちゃう子は珍しくないから、別に気にする必要はないってこと。まあ、大部分の子は小学校に上がるまでに見えなくなって、不思議と見えてたこと自体を忘れちゃうんだけど」

事実を知ってなお不安そうな春菜に対し、三歳四歳ならば見えていても何が大丈夫か、という理屈を説明する美優。

その理屈に春菜が何か言うより早く、澪が鋭い指摘を叩き込む。

「ねえ、美優さん。それだと、小学校に上がってからはごまかしきかない？」

「そのあたりは最悪、うちである程度フォローする用意はあるから、あんまり深く考える必要はないよ」

　澪の指摘に、やっぱりそこは気になるかと苦笑しつつ、そのあたりの準備はしてあることを告げる美優。

　それに対してさらに何か言いかけたところで、

「……あう～！　うぎゅ～！」

　ぐっすり眠っていたはずの菫が起きて、大声で泣き始める。

「あ～、ごめんね菫ちゃん、ちょっと待ってね～」

　親を探して一生懸命泣き続ける菫を、大慌てであやす詩織。

「ちょっとおむつ替えてくるね」

「何か手伝えることある？」

「大丈夫」

　春菜の申し出をやんわりと断って、別室に移動する詩織。

「なんや、慌ただしい感じやなあ」

「あっ、宏君。ちょっと菫ちゃんが起きちゃって」

「なるほどなあ」

　そこに宏が来たことで、話がうやむやのまま終わってしまう。

「あの、ヒロシさん……」

「なんや？」

「ミオさんがこっち見てって感じで必死にアピールしてるんですけど……」

「僕の本能が、今あれを見たら死ぬ……と訴えかけとる」

「死ぬって、そんな大げさ……でもないかもしれませんね。考えてみたら……」

その後、どうにかして宏に直視してほしい澪と、生存本能の問題で徹底的に直視を避けようとする宏との勝負が花火開始直前まで続き、最終的に澪がお色直しをすることにより、いろんな意味で何もかもが先送りになるのであった。

☆

「赤ちゃん、かわいかったです」

数日後、エレーナの屋敷であるフェルノーク公爵家。エレーナと詩織に誘われてのお茶会の席。

先ほどまで仲よく遊んでいた子供達の姿を思い出し、相好を崩しながらライムが言う。

ライムを呼ぶ口実にもできてちょうどいいからと、今日のお茶会はエレーナの息子アレックスと菫の顔合わせをメインにしたのだ。

なお、先ほどまではファムもいたのだが、何かを察したようで一通り子供達と遊んでから仕事を口実に早々に帰ってしまっている。

ライムも姉がすぐに帰ろうとしたのを見て一緒に帰りかけたが、二人揃ってお茶も飲まずに帰るのは失礼だからとファムに窘められたのだ。

「動き回るようになってから、今まで以上に目を離せなくなってちょっと大変だけどね」

「油断すると、びっくりするようなことをしますからね～」

「本当にねえ」

子育ての大変さを、実に嬉しそうに語り合うエレーナと詩織。

子育てが大変だというのは本音だが、それ以上に自分が腹を痛めて産んだ子供が健やかに育っていくさまが嬉しい。

そんな気持ちがしぐさや表情に出ており、二人してすっかり母親の顔になっていた。

「……いいなあ……」

「さすがに、ライムにはまだ早いわね」

「分かってます。……はやく大人になりたいなあ……」

すさまじく切実そうにそう呟き、ため息を一つつくライム。

そのなかなかにただならぬ様子を見て、どうしたものかと顔を見合わせるエレーナと詩織。

少しの沈黙の後、エレーナがライムに問いかける。

「……どうしたの？」

「……」

エレーナの漠然とした問いかけに、何かを言いかけて再び黙り込むライム。

エレーナが何を聞こうとしているのかは分かっているが、どう言えばいいのか、そもそもそれを言ってしまっていいのか分からないのだ。

「必要ならネタばらししてくれてもいいって言われてるから言ってしまうけど、実はファムからもライムが何かに悩んでいるから相談に乗ってあげてほしい、って言われてるの」

「おねーちゃんから……？」

「ええ。まあ、ファムもライムが何に悩んでいるかは大体察しているみたいだけど、ね」

エレーナからのネタばらしに、思わず呆然とした表情を浮かべるライム。

察しの良いファムのことだから気がついているとは思っていたが、裏でそんな段取りをさせるほど心配をかけていたとは思わなかったのだ。

なお、ファムについてもそれなりに周囲の大人達は心配しているのだが、もはや本人が完全にものづくりの沼地にはまり込んでしまっていて、どうにもならない感じである。

恋愛方面と違ってものづくり方面は迂闊なことを言うと宏の存在を否定しかねない上に、最近では新素材に対するファムの反応が完全に女版宏という感じなので、もはや手遅れなのではと達観せざるを得ないのだ。

「実は、私もファムちゃんに頼まれたんだよね」

「シオリおねーちゃんも?」

「うん。だから、まずはライムちゃんの悩みを教えて。何を聞いても怒ったりはしないから」

姉によって、最初からある程度お膳立てされている。そのことを知ったライムが、観念したように悩みを口にする。

「わたし、ハルナおねーちゃんたちみたいに、親方のお嫁さんになりたいんです。でもなんとなく、おねーちゃんたちが嫌がってるのも分かってるし、テレスおねーちゃんやノーラおねーちゃんもまだ子供だからって本気にしてくれないし……」

「……まあ、そうだろうとは思っていたわ。そもそも、エアリスだってヒロシを本気で愛してしまったのは、今のライムとそう変わらない年だったわけだし」

「テレスちゃんやノーラちゃんの反応は、よくある大人と子供の感覚のずれかなあ。やっぱり、子供にしか分からないことも、逆に子供には分からないこともあるから」

「あと、ハルナ達がよく思わないのは当然ね。どっちが主な要因かはともかく、ライバルが増える上に親子か兄妹で結婚しようとしているようにも見えるもの」

「春菜ちゃん達も複雑ですよね～」

「本当にねえ」

ライムの悩みに対し、特に驚くでも怒るでもなく、それぐらい分かっていましたとばかりに思っていることを告げるエレーナと詩織。

その反応を不自然だと思ったのか、ライムが詩織に疑問をぶつける。

「シオリおねーちゃんは、ハルナおねーちゃんからなにも聞いてないの？」

「そりゃまあ、当然いろいろ聞いてるよ～。ただ、春菜ちゃん達もヒロ君が絡むと冷静じゃなくなるから、話半分で保留にしてたんだよね～」

「えっと、ダメって言わないの？」

「今の時点でどうこう言うのは野暮だもの。何か言っていいとするならば、ヒロ君が女性を受け入れられるようになるまでがんばった春菜ちゃんか、ヒロ君本人だけだよ」

ライムの疑問に、あっさりそう答える詩織。

その隣では、エレーナも真顔で頷いている。

「ただ、好きになることに対しては何も言わないけど、焦って成就させようとしたり既成事実を作ろうとしたりしようとするのは、さすがに怒るわよ？」

「……それ、わたしがまだ子供だからですか？」

「ええ。もっと正確に言うなら、無理に子供をやめようとするから、ね」

「えっ？」

エレーナの言わんとすることが理解できず、首をかしげるライム。

そのライムに対し、唐突にエレーナが妙なことを言い始める。

「あのね、ライム。大人って、ものすごく長いのよ」

「あ～、それは思いますね～」

まだ二十代も折り返していないエレーナの言葉に、アラサーではあるが三十路(みそじ)には入っていない詩織がしみじみと同意する。

当然ながらそのあたりの感覚が分からないライムが、唐突にそんなことを言い出した年上二人に困惑の表情を向ける。

「ライムにはまだぴんと来ないかもしれないけど、一度大人になったら死ぬまで大人なのよ。ファーレーンでは十五歳で成人だけど、それから死ぬまで大体四十年から五十年、人によってはもっとかしら？　それだけの時間、ずっと大人なの」

「ライムちゃんの場合、多分もっと長く大人をすることになるんじゃないですか？　だって、ヒロ君のお嫁さんになりたいんだし」

「ああ、確かにそうね。ヒロシに嫁ぎたいのであれば、ヒューマン種の寿命ぐらいは克服しないと話にならないもの」

「仮に寿命が千年だとしたら、今までのライムちゃんの人生の約百倍？」

「千年で足りるのかしら？」

エレーナと詩織の会話、それも千年とか百倍という途方もない数字を聞いて、ようやく二人の言わんとしていることを理解するライム。

力がなくても庇護（ひご）の対象として許される子供の時間というのは、一生涯の中ではそれほど長い期間ではない。

セミなどの例外はあるが、基本的にそうでなければ生存競争において不利になるのだから、比率として短いのは当然の話である。

「でも、それでもわたし、早く大人になりたい……」

「子供の頃は、みんな早く大人になりたいと思うの。でも、大人になると、もっと子供でいたかったって思うようになるわ」

「……そうなんですか？」

「ええ。それに、あまりに子供であるべき時間を生き急いでしまうと、あとでそのしわ寄せが大きく出るのよ。エアリスなんて、子供らしくいられた時間がないに等しかったものだから、時々目も当てられないような状況になってることがあるわね」

「エルさまが!?」

エレーナの言葉に、思わず驚きの声を上げるライム。

ライムからすれば、エアリスは憧れであり手本にしている人物の一人だ。

それがエレーナから見れば目も当てられない状況になっているというのだから、驚くなというほうが難しいだろう。

「そういえば、エル様は遊んだり手を抜いたりするのが、ものすごく下手ですよね。遊んでいないわけではないんですけど、何をするにも必要以上に大掛かりになりがちというか……」

「自分で何か企画を立てる際に、ほどほどの規模にしたり手加減したり、そういうのがとにかく苦手みたいなのよね。なまじ権威があるものだから無理が通ってしまうのも、拍車をかけているわね」

「あと、体を動かして遊んだり、そういう企画を立てたりが苦手そうですよね」

「体力は十分なのに運動神経が壊滅的だから、余計にそういう傾向になっている感じがあるわね。そのあたりにしても、早くから神殿に隔離されて姫巫女として大人の仕事をしてきた弊害ではないかと思っているのよ」

身内だからこそ分かるエアリスの欠点。そのあたりを聞かされて目を丸くするライム。

その様子に、生き急ぐことの弊害がちゃんと伝わったとみて、今度は詩織がもう一つ大事なことを告げる。

「それに、ライムちゃんは大人に憧れがあるかもしれないけど、大人なんて大したことはないんだよ～？」

「えっ？」

「うん。だって、大人って結局、体が大きくなってちょっと小賢しくなった子供にすぎないし、親だって結局はしわが増えた子供だもの」

子供に言うべきことなのかどうか、かなり微妙なことを言い出す詩織。

その援護をするように、エレーナが横から口を挟む。

「まだ成長期のライムは一年あれば大違いだけど、私達の年齢になると残念ながら、一年後の自分ぐらいは大体想像がつくのよ。それを十回繰り返したところで、大したことはないなってね」

ライムにとってははるか未来のことを、自嘲気味に語るエレーナ。

詩織ともども、まだこういうことを語れるような年ではないのだが、それでもライムを見ているといろいろと思うところがあるらしい。

「ねえ、ライム。あまり急いで大人になろうとせずにね、子供でいられるうちに思いっきり遊んで、いろんなことをやらないとダメよ。子供の頃にやらなかったことってね、大人になってからだと結構やろうとしてもできないものだから」

「ヒロ君も多分、ちゃんとライムちゃんが子供を経験して大人になったほうが喜ぶだろうし、もしかしたらそのほうが攻略の糸口になるかもしれないよ」

「……親方がよろこぶって本当？」

詩織の言葉にわずかに食いつき、半信半疑といった体で聞き返すライム。

そのライムに対し、笑顔で頷く詩織。

攻略の糸口云々は誘導のための出まかせだが、子供らしい子供を目いっぱい経験してから大人になったほうが、宏は間違いなく喜ぶ。

「今までがんばってきたから急には変えられないけど、わたしできるだけ背のびするのやめます」

「うん、そうしたほうがいいよ」

「これからは、子供でいていい間だけでも、親方にすなおに甘えるの」

そう言って穏やかに無邪気に、だがどこかしたたかさを感じさせる笑顔で微笑むライム。

ライムと宏の、数百年にわたる攻防。

この時、それが本格的に始まるのであった。

閑話　アルフェミナ、はめられる

「どうやら、無事に落ち着くところに落ち着いたようですね」

ライムに絡んだ一番致命的な結果につながる未来が消えたことを確認し、安堵の表情を浮かべるアルフェミナ。

所詮は個人の惚れた腫れたなので世界の危機レベルになる未来は存在しないが、そうでなくても負担をかけている宏に対して、これ以上自分の世界の住民が負担になるのは避けたかった。

なので、ライムが落ち着いたことによって無理に背伸びをしてヤンデレ化する未来が消えたのは、アルフェミナ的にはとてもありがたい。

本音を言うなら宏のことを諦めてくれるのが事なかれ主義的な面では一番いいのだが、他人の恋路にそういう理由で口を挟むのは野暮どころかあまりにも邪悪なので、その本音はなかったことにしている。

「あとは、最近ちょくちょく現れる、バルドの名と特性を引き継いだ何かの処理ですが……」

ようやく大きめの懸念材料が片付いたので、残る懸念材料の中でも一番面倒な小物について、どうしたものかと思案するアルフェミナ。

ここ最近増えている仕事のうち、少なからぬ割合でこいつらが絡んでいる。

「アルフェミナ、ちょっといいですか？」

「どうしました？」

珍しく声をかけてきたレーフィアに、嫌な予感を覚えつつ返事をするアルフェミナ。

レーフィアは五大神に入れるだけの権能と実力を持つ有能な神ではあるが、自身の巫女が宏達を巻き込んだときの後始末のように、ときおりものすごくポンコツになることがある。

今回もその類なのではないかと警戒したくなるのも、無理もない。

「それが、絶妙に見つけづらい場所に妙な穴ができていまして……。私の権能では大奇跡を起こさないと塞げないようですので、どうしたものかと……」

「なるほど、厄介ですね」

レーフィアの相談内容に、顔をしかめるアルフェミナ。

レーフィアの権能で大奇跡が必要となる穴など、その時点で時空の歪みに属するものなのは確定である。

そんなものができていることに時空神であるアルフェミナが気づかないということは、何らかの偽装工作が行われている可能性が高い。

たとえこれが偶然できた穴だったとしても、外部からの干渉が多数行われている状況で、アルフェミナかレーフィアのどちらかの行動に制限がかかる対処を求められるというのは、非常に厄介な話である。

「放置は……、碌なことになりませんね」

「そう思ったので、相談しに来ました。私のほうで対処してもいいのですが、大奇跡となるとルール的にも気軽には行えませんし……」

「というか、もう現時点で詰みなのではないでしょうか……」

因果律を確認し、思わずうめくアルフェミナ。

発生直後に発見できなかった時点で、バルドの概念を利用している連中の思惑にはまっていることが確定したのだ。

時空神の権能で発生直後に戻って潰(つぶ)すという方法は、仕掛けてきた相手が同等の存在である時点で全く意味がない。

三次元の時間軸では発生しなかったことになっても、もっと高位の概念空間では後手に回ったという結果がきっちり残ってしまうのである。

これに関しては春菜(はるな)の因果律攪乱(かくらん)体質やアルチェムのエロトラブル誘発体質と同じで、全知全能と呼ばれているような存在ですらどうにもできない仕様なのだ。

むしろ、このあたりの仕様が、全知全能なんてものは存在しえないと証明していると言えよう。

「……どうやら、わたくしが動いてレーフィアを温存するのが、一番良い結果になりそうですね」

「そうですか……」

「逆に言うと、レーフィアの権能を十全に使えるようにしておく必要がある、ということです。しばらくは、何があっても大人しくしておいてください」

「……分かりました」

アルフェミナの不吉な言葉に、思わず青ざめながら頷(うなず)くレーフィア。

五大神の一角たるレーフィアが権能を十全に使う必要がある事態など、間違いなくかなりの大惨事である。

それをよりにもよってアルフェミナが予言したのだから、レーフィアが驚くのも無理はない。

「問題は、わたくしが対処するとなると、どうあっても最終的にエアリスに降神しなければいけないということですが……」

「あの、アルフェミナ……。今、この状況でそれは、ものすごくまずいのでは？　エアリスからあなたの神気を抜いている最中だったのでしょう？」

「ええ。今降神すれば、抜いた以上の量と濃度の神気がエアリスの体に入ることになります。恐らくですが、向こうもそれが狙いでしょう」

レーフィアにそう答えながら、取り急ぎ穴を塞ぐアルフェミナ。

塞ぐ作業をしたことではっきり分かったが、この穴は放っておくと他の世界までつながったあと双方を崩壊させる性質を持っていた。

さすがにこのクラスの穴をアルフェミナに気づかれないように開けることなど不可能なので、これ自体は間違いなく自然にできたものである。

だが、自然に開いた穴をすぐに気づけないように外部から干渉するぐらいは可能であり、実際に偽装工作の痕跡は残っていた。

もっとも、誰がやったのかを特定できるものではなく、あくまでも偽装工作があったことが分かるだけである。

「……穴についてはこれでよし。この件の影響で、海の環境を殺しかねない生き物が生まれます。

どう対処してもその生物が一体、進化しきってしまいますので、権能を使って仕留めてください」

「分かりました。進化しきるまでは手出ししないほうが？」

「してもしなくても一緒ですので、それまでは少しでも自分の力を残すようにしてください」

「してもしなくても一緒とは？」

「どうやらその生物は最終的に一体しか存在が許されないらしく、まずはお互いに自分以外の個体を全滅させようと動きます。周囲を食い荒らすようになるのはそれが終わって完全体に進化してからなので、そこまでは放置したほうが最終的な被害が小さくなります」

「そういうことですか」

「そういうことです。大した違いはありませんが、確実に仕留めることを優先したほうが安全ですので、よほど看過できない種類の被害が出る場合以外は完全体になるまで手出し無用です。また、攻撃する際は全力でお願いします」

「分かりました」

アルフェミナの指示に頷き、対処のため自身の神域に帰るレーフィア。

それを見送り、次に起こることに対処するため世界全体を注視するアルフェミナ。

レーフィアが対処を成功させるところまでは全ての時間軸で確定したが、その過程が未確定なままだ。

そのため、次に何が起こるかもまだ流動的なままなのだ。

穴を塞ぐ前にわざわざ何が起こってもと念押ししていたのも、あの時点ではレーフィアが何に対処しなければいけないのかが確定していなかったからだ。

何気に今のアルフェミナは上位一割に入るくらい強力な時空神ではあるが、同格の存在が絡むとさすがに結果を自分の都合のいいように確定させることはできない。

これについては、仕掛けてきている相手も同じことである。

さらにそこに、どちらにとっても最強クラスとなるノイズが入る。

「……このタイミングで、宏殿がウルス湾で地引網（じびきあみ）ですか……」

何を思ってそれをやろうとしているのかとか、そもそもなぜ今なのかとかいろいろ突っ込みたいことはあるが、宏が思いつきで変なことを始めるのはいつものことだ。

問題なのは、相手に主導権を握られている関係上、今回の宏の行動も敵に有利に働きそうだというところだろう。

宏がいるところでエアリスに降神してしまうと、間違いなく宏は首を突っ込んでくる。

それどころか、地引網というイベント内容的に春菜も同行しているだろうから、そのまま春菜も首を突っ込んでくるだろう。

それがいいか悪いか現状では全く判断がつかないが、宏達が絡むとどこまで事態が大きくなるか分からない。

あとから手を出してくるだろう何かによっては本当に手に負えなくなるので、できる限り宏達に悟られないよう対処したほうが安全だという気はする。

「仕方がありません。どうせどう転んでもエアリスに降神しなければ対処できないのですから、宏殿が来る前に相手の動きを誘って相打ちに持ち込みましょう」

現時点では、宏の地引網は実行が確定しているが決行はされていない。

なので、手を打つなら今しかない。

レーフィアのほうの結果がまだ出ていないことが不安要素ではあるが、敵のほうも慌てて動き出したのである程度は結果を誘導できる。

痛い手札を切らされるのだから、少しでも大きなダメージを与えたい。

そんな当たり前の考えのもと、相手にとって一番手痛いダメージが入る、儀式中のエアリスに降神する。

そのタイミングでレーフィアに振った環境破壊生物の始末が終わる。

その合わせ技により、想定していたより大きなダメージが敵に入ったことを確認する。

『あの、アルフェミナ様。突然どうなさいました?』

『少々面倒なことがありまして、その対処のためにどうしても降神が必要でした。いろいろとややこしくなるので、説明は割愛させていただきます』

『そうですか。分かりました』

アルフェミナの雑な説明に理解を示し、特に追及することなく話を終わらせるエアリス。

降神中はお互いの意志や感情をある程度共有するため、あまり関わってほしくないというアルフェミナの考えを察してしまったのだ。

こういうときは深く追及しても碌なことはないので、経験則に従って引いたともいう。

特に連絡事項などもないため、それ以上言葉を交わすこともなくエアリスの体から抜け出すアルフェミナ。

「しかし、よもやある面では邪神に守られていたことを自覚する羽目になるとは思いませんでしたね……」

千年以上にわたって迷惑をかけられ続けた邪神だが、その存在と邪神を押しつけてきた創造神の妨害工作により外部と切り離されていたため、外敵の対処に悩むことだけはなかった。

それ以外のデメリットが大きすぎ、何より放置していればいずれこちらが滅んでいたため、討伐したこと自体は何の後悔もないが、事実として利点があったことは認めなければいけないだろう。

「……よくよく考えれば、今回の件は宏殿や春菜殿に対する攻撃に巻き込まれたようなものだから、そのまま関わらせてしまっても……。……いえ、それで本当に手に負えない事態になったら、厄介さは今回の比ではありませんし……」

終わってから気がつかなくていいことに気づいてしまい、思わず悶々としてしまうアルフェミナ。

一応理論武装により自己正当化は済んでいるが、どちらがましだったかはなんとも言えず、そのことが余計にダメージを大きくしている。

結局、終わったことに悶々としながら後始末に没頭したせいで、春菜に説明しなければいけないことをすっかり忘れるアルフェミナであった。

第72話 アタシから採取やものづくりの時間を取り上げようとするなら許さない

「やっと、一番の下っ端から脱却できる……」

「長かったよな……」

アズマ工房の新人採用試験の日。昼飯時のウルス本部の食堂。

今まで一番の下っ端であったジノとジェクトが、しみじみと語り合う。

アズマ工房の場合、下っ端だからといって雑用でこき使われるようなことはない。

というより、修業につながらない種類の雑用は全て管理人組がやってしまうか自分のことは自分でするので、そういう面での苦労はないのだが、やはり下っ端生活が二年以上続くと新人の加入は嬉しいらしい。

「浮かれてるわねえ……」

「まあ、先輩面できるのが嬉しいってのは、分からんでもないからなあ……」

そんなジノ達の様子に呆れつつ、生温い目で見守る真琴と達也。

苦節何年、というほどの期間ではないとはいえ、自分達が学校で部活をしていた頃も後輩ができて浮かれていたことがあったので、大きなことは言えない。

因みに、現在この場にいるのは世界樹の世話で不在のライムを除く職員七人と達也、真琴、春菜の三人。

宏と澪は何やら作業があると席を外している。

「それはそれとして、対外的な示しっていう意味もあるから、ファムちゃん達の服のランクを上げるのは問題ないよね？」

「技量的にはあんまり納得いってないんだけど、アタシ達のランク上げないとジノ達のランクも上げづらいから、しょうがないかあ」

春菜の言葉に、本当に納得いっていないという様子を隠そうともせずに頷くファム。

宏達がアズマ工房の制服を作った際、その場の勢いで導入したランク制度。

今までは実質的に機能していなかったので、最初に適当に決めたままずっと据え置きだったのだが、今後も不定期ではあっても人を増やすのであれば、運用をきっちりしておくべきだということになったのである。

その結果、基準が見直されてランク分けがやや細かくなったのだが、こういうのは最初が肝心だからと誰からも文句は出なかった。

「で、昨日聞こうと思って聞きそびれたんだけどさ」

「何かな？」

「制服でランク付けするのはいいんだけど、その服って誰が作るの？」

「六級以下は神の城で大量生産済みだって。五級と四級は十着程度、三級はジノ君達の分だけ、二級一級はファムちゃん達の分だけ、宏君が昨日の夜に作ってた」

「ジノ達、いきなり三級にするの!?」

「ジノ君達は一応五級だよ。ただ、今のペースなら十年もかからずに到達するだろうからって、一応作っておいたんだって」

「ああ、なるほど。確かにそれぐらいあれば、三級にはいきつくかな？」

春菜の説明に納得するファム。

なお、これまでの説明でなんとなく分かるかもしれないが、再設定したランク分けは作れるポーションの等級を基準にしており、ファム達は今日から二級になる。

といっても、あくまで評価の基準にすぎず、春菜のように全体的な技量は七級から六級にかけての範囲でも、裁縫と紡織はエクストラスキル手前で料理はエクストラスキルを取得済み、というような人物は、ポーションに直してどの程度、という基準でランク付けされることになる。

まあ、現状そこまで偏っているのは春菜しかいないので、この判定基準が生きてくるのは相当先になりそうではあるが。

なおランク付けには、工房への貢献度といった類の要素は一切影響せず、純粋に技量のみでの判断となる。法を犯したり公序良俗に反した行いをしたりすれば追放だが、逆に言えばそれさえ守っていれば全く仕事をせずに腕を磨くだけでランクが上がる。

これは単純に、三級を超えるようなランクになると、作ったものを下手に売ることもできなくなってくるので、貢献度を基準に入れてしまうとせいぜい四級までしか昇級できなくなるという、ある意味アズマ工房らしいと言えなくもない事情が絡んでいる。

現状、階級制度が適用される人間で三級以上はファム達しかいないのだが、一応今後のことも考えてはいるのだ。

「それにしても、六級以下の服って神の城で大量生産できるんだ」

「デザインを別にすれば、七級と八級はちょっと丈夫な普通の服だからね。六級にしても普通の革鎧程度の防御力はあるけど、そんなすごい服じゃないし」

「見習いのは？」

「これといって服を支給する予定はないかな。事情によっては普通の作業服ぐらいは渡してもいいけど、支給するのはひよひよのバッジだけにするつもり、って宏君は言ってたよ」

「まあ、見習いだもんね」

「ただ、うちは黒字が過ぎるから、見習いには自作じゃなくて普通に購入した服を支給したほうがいいんじゃないか、って話も出てるんだよね」

「普通は、見習いにこそお金かけないもんだと思うんだけど……」

ファムの突っ込みに、思わず苦笑する春菜。

これが他所の工房ならばそうかもしれないが、アズマ工房に限って言えばいくら金を出しても自作するよりいいものは手に入らないという事情がある。

むしろ、見習いに食事と指導以外で先達の手を割く必要などない、という考えにならざるを得ないのだ。

ついでに言うなら、今後人数がどんどん増えるはずの見習いに金を使うようにしないと、いつまでたっても過大な黒字というやつが解消できなくなる。

「あと、しばらくはそこまで気にしなくてもいいけど、人数が増えてきたら食事も可能な限りはランク別に作らせなさい。というか、そうしないと下の子達が料理する機会が作れないし」

「もしかしてだけど、見習いに食べさせるご飯も、食材は倉庫に山積みのものじゃなくて市場で調達？」

「もちろん。いつあふれるか分からない量の食材を消費したい、っていう気持ちは分かんなくもないけど、一応あれらは凄まじい高級食材だもの。ジノ達の頃ならともかく、定期的に見習いを入れる流れになったんだから、そこらへんはしっかりしないと駄目よ」

「山積みになった原因の三割ぐらいを担ってる人に、それ言われても……」

横から割り込んで組織運営に口を挟んできた真琴に対し、ジト目で突っ込みを入れるファム。

原因の残り七割を構成しているリヴァイアサンやジズ、および各種ドラゴンや飛行モンスターの肉に関しては、基本的に不可抗力だった部分が大きいのでまだいい。

特にジズ関連で大量に入手する羽目になったドラゴンや飛行モンスターの肉は、素材を惜しんでというよりそのまま地上に放置すると後の被害が大きくなる、という理由で回収する以外の選択肢がなかった。

が、食いきれずに在庫が溜まっている陸戦型モンスターの大部分は、宏達が生産モードに入っているときにやることがなくなった真琴と達也が、暇に飽かせて狩りまくった挙句、量が多すぎて買い取り拒否を食らったものである。

やっていることがツッコミどころ満載なだけに、ファムが素直にアドバイスを聞こうという気になりづらいのも仕方がないだろう。

因みに、野菜類は最近、オルテム村直送のものか各地の神域で収穫したものが主になっている。

「でもまあ、それだったら、等級外が安定しだしたら冒険者協会で軽く鍛えてもらって、自分達が食べる肉や使う素材を自力で調達させるのもありかな？」

「そのあたりは、ファム達が好きにすればいいわ。どうせ解体や採取系の訓練も必要になってくるわけだしね」

「アタシ達の技量アップも考えると、どこか一カ所でいいから、ワイバーン級以上を狩れる場所への転移陣が欲しいかも。三級以上で使うモンスター系素材は、親方が残してくれたものを使って練習してるのが実情だし」

「……もしかしてファム、あんた生産だけじゃなくて狩りにも目覚めた？」

「狩り自体は面倒だけど獲物をバラすのは楽しいよ。特に、上等な素材を自分の手で綺麗に剥ぎとれたときは、充実感とこれで何作ろうかっていうワクワク感がすごいし」

「……あんた、そういう部分はどんどん宏に似てきてるわね……」

「採取や解体を楽しめないやつに、うちでものづくりする資格はない」

真顔できっぱり言い切るファムに対し、手遅れな何かを見るような目を向ける真琴。

採取はともかく、獲物の解体は普通楽しむものではない。

「一応念のために言っておくのですが、ノーラには解体を楽しむ趣味はないのです」

「私にもありませんよ、ええ」

やたら真剣に候補者の履歴書を見ていたノーラとテレスが、真琴から疑惑の目を向けられて全力で否定する。

傷が少ない綺麗な獲物は嬉しいし、そこからいい素材が手に入れば喜びも大きいが、解体作業そのものは正直全く楽しくもなんともない。

「とか言いながら、二人ともできるだけ自分で解体しようとするって話は聞いてるぞ？」

「それは当然なのです。親方達がやってくれるならともかく、他の人に任せると素材の質が安定しないのです」

「素材の品質を気にするなら、よほどでない限りは自分でやらないと駄目なんですよね～……」

「それって、究極的には自分で狩りに行かないと駄目だ、ってことなんじゃないのか？」

「「だから面倒なの（ん）です」」

達也の指摘に、本気で面倒そうに声を揃えて言い切るノーラとテレス。

正直な話、解体も大概面倒だが、それ以上に狩りそのものが面倒なのだ。

「面倒だってことは、なんだかんだ言って狩りはしてるわけ？」

「そうですね。そんなに一生懸命やっているわけではありませんけど、必要なものがあるときは」

「そういうときは、どんな狩りの仕方をしてるんだ？」

「大抵は、ファムがオキサイドサークルで仕留めているのです」

「「はあ!?」」

ノーラの言葉に、思わず同時に驚きの声を上げてしまう達也と真琴。

いくらなんでも、オキサイドサークルは予想外にもほどがある。

「いつの間にそこまでの腕になってたんだ!?」

「そりゃもう、一時期は毎日のように使っていたからですよ」

「一応、ノーラ達全員で覚えたのですが、使うのはほとんどファムなのです」

「ライムもそこそこは使いますけど、さすがにワイバーンクラスを窒息させられるのはファムだけですね」

「ライムはバーサークベアより大物もなんとかなるのですが、ノーラとテレスは残念ながら鹿を窒息させるのが限界なのです」

達也の質問に対し、なかなか衝撃的な事実を告げるテレスとノーラ。

鹿を窒息させるのに必要な熟練度が大体四十、バーサークベアで六十。ワイバーンは最低でも八十はないと仕留められない。

熟練度を伸ばすのに必要な使用回数を考えると、明らかにファムはがんばりすぎである。

「ねえ、ファム……」

「言っとくけど、タツヤさんやマコトさんみたいに、暇に飽かせて乱獲したりなんてしてないからね。そもそもアタシは素材が欲しいだけで、狩りが好きなわけじゃないから」

「そりゃそうでしょうけど、いったい何があってそんなにオキサイドサークル使ってんのよ？」

「単に練習や納品で使い切った素材が、いくつか大量に必要になっただけ」

「だから、いったい何がそんなに、って聞く意味はなさそうね……」

ファムを問い詰めようとして、澪と一緒に行った素材狩りの内容や分量を思い出して矛を収める真琴。

本気で生産活動を行うと、材料はいくらあっても足りないものだ。

「さて、そろそろお赤飯とかの仕込み、してくるね」

「おう。材料は足りてるのか？」

「もち米だけ、ちょっと確認が必要かな。他は大丈夫なはず」

「そうか」

そう告げて、食堂を出ていく春菜。

それを見送ったあと、ファムがぽつっと呟(つぶや)く。

「ハルナさん、最近迷走してる感じだけど、大丈夫かなあ……？」

「まあ、春菜の悪い癖が顔を出しちまってるのは確かだよなあ……」

ファムの呟きに、苦い顔をしながらそう応じる達也。

返事があると思っていなかったのか、ファムが達也の顔をまじまじと見つめる。

「どういうこと？」

「状況としては初めてオルテム村に行って帰ってきた頃と同じでな。意識してなきゃ問題なく対応できてたのに、下手に意識しちまってどうすればいいか分からなくなっちまってるんだよ」

「あと、春菜って失敗らしい失敗が少ないからか、特に対人関係で壁にぶつかったときに悪いほうに迷走しがちなところがあるわよね」

「そうだなあ。ヒロに対しても変な気の使い方して、逆に面子とか潰しちまってる部分があるし」

「まあ、この件に関しては、宏の面子なんて今更あってないようなものだから、そこはちゃんと意思表示しない宏自身の責任でいいとは思うけどね」

「迷走に迷走を重ねて勝手に暴走してる春菜と、そのあたり分かってるだろうに全部春菜達に丸投げしてるヒロ、責任の重さではどっちもどっちって感じだからなあ」

ファムの疑問に答え、なかなか手厳しいことを口にする達也と真琴。その態度は、完全に傍観者のそれである。

「タツヤさんとマコトさんの言い分には同意するのですが、お二人からは親方達に何も言わないのですか？」

「最近もっと上の人達がいろいろ言って釘刺してるようだし、俺達まで口うるさく言うのがいいことかどうか、ちっと迷っててなあ」

「さっきも達也が言ったけど、春菜自身、分かってるからこそどうしていいか迷って暴走してる部分があるから、余計悩ましいところなのよね。分かってる人間に追い打ちかけてがみがみ言っても、大体は逆効果だしねえ」

「しょせん俺達も人生経験の面では単なる若造にすぎねえなあ、って思い知らされてるんだわ……」

「なるほど……」

ノーラに非難交じりに聞かれて、迷ってるということを正直に告げる達也と真琴。

達也と真琴が迷っている理由に、しみじみ納得してしまうテレス。

そもそも、経過を見ているから納得して受け入れているだけで、達也も真琴も基本的には一夫一妻を良しとする価値観で育ってきた人間だ。

ハーレム状態の宏達に対するアドバイスなんて、そう簡単にできるわけがない。

「まあ、ヒロ達のことは置いとこう。ライムの様子は落ち着いたか？」

「一応、前みたいな無理はしなくなったのです」

「前に比べると、他のところの子達と遊ぶ時間も増えましたね」

「一番増えたのは採取の時間だけどね」

「そっか。となると、次はファムの……」

「たとえタツヤさんやマコトさんでも、アタシから採取やものづくりの時間を取り上げようとするなら許さない」

真琴が何かを言いかけたところで、目からハイライトが消えた笑顔でファムがそう言う。

その笑顔はかつて、ルーフェウス大図書館でギルティモードに入った春菜が見せたものとそっくりな、触れてはいけないものに触れてしまった者に向けるものであった。

「……なあ、テレス、ノーラ……」

「もしかして、ライムに比べて放置気味だったからこうなったんじゃないか、と気にしてるのであれば考えすぎですよ」

「ノーラ的には、別に愛情不足でこうなったわけじゃないから、好きにさせておくのが一番だと思うのです」

「本当にそうかあ……？」

「だから考えすぎですって」

小声でこっそりと確認をとってきた達也に対し、愛情だの扱いの差だのでこうなったわけじゃないと断言するテレスとノーラ。

そもそもファムの性格上、愛情不足ならここまで素直に宏達の言うことなど聞かない。

恩人だろうが何だろうが、もっと分かりやすく反発してみせるだろう。

「タツヤさん。聞こえないように話してるつもりかもだけど、全部ちゃんと聞こえてるから」

「……あ～……。この距離じゃ、どんな小声でも無理か……」

「当たり前じゃん」

バツの悪そうな達也の態度に、思わず苦笑するファム。

大きなお世話だと思わなくもないが、達也達が本気で心配していることも、なぜ今更そこまで心配しているのかもちゃんと理解している。というよりできてしまう。

さらに言うなら、自分ののめりこみようが、傍（はた）から見れば度が過ぎていることも自覚している。

それだけに、反発してかみつこうという気も起こらない。

「多分、ライムばっかりかまってたみたいな気持ちがあるんだろうけど、アタシとしてはやりたいようにやらせてくれたことに感謝はしても、かまってくれなかったみたいな恨みはないから」

「だったらいいんだけどね。姉妹なのに扱い方に差があった自覚があるから、ついねえ……」

「別に完全に放置されてたわけでもないし、親方とかなんだかんだ言ってちゃんと見ててくれてたしね。誰もかれもがライムみたいなお姫様扱いが好きなわけじゃないし、アタシ的にはこれくらいのほうが性に合ってたし」

「その結果が腕はともかく性格面ではヒロ二号みたいになっちまってるから、いろいろ心配して後悔してるわけなんだが……」

「女の子がこうだと、テレスやノーラとはまた違った意味で喪女一直線になりそうなのがちょっとねえ……」

「「ほっといてください（なのです）!!」」

真琴の余計な一言に対し、思わず涙目になりながら、全力で声を揃えて叫ぶテレスとノーラ。

ファムに対する心配ごとだったはずなのに、流れ弾に被弾したのだからたまったものではない。

しかも、テレスもノーラも別に贅沢は言っていないのに、周りの審査が厳しすぎるうえに本人達が持っているかなり低めの妥協ラインにすら届かない男しか釣れないのだから、呪われてるとしか思えない。

それを喪女だと言われれば、泣きながら抗議したくなるのも当然であろう。

「まあ、とりあえず話変える、っていっても全く無関係じゃないんだけど、今後のことを考えるんだったら、今回雇う子達はできるだけ男を多めにしたいかな」

「それ、やっぱりあんた達の相手候補として？」

「それも少なからずあるけど、ジノとジェクトしか男がいないから、二人ともちょっと肩身狭そうってのが一番大きいかな」

「ああ、うん。分からなくもないわね」

「俺とかヒロは、この話に関しては別枠みたいなもんだしなあ……」

「立場的に、馬鹿話なんかができる距離感でもないものねえ」

ファムの出した理由に、大きく頷く真琴と達也。

さすがに三年も採用年次が空くと対等にとはいかないだろうが、それでもシェイラやカチュアとファム達くらい、もしくはファム達と宏達くらいの距離感にはなれるはずだ。

「で、これは個人的な要望なんだけど、できたら見習いか、そうでなくても成人してからそんなに経ってない未経験の人のほうがありがたいかな」

「ああ、それはありますね」

「下手に知識があったりすると、うちのやり方を教えるのにかえって苦労するのです」

ファムが出した条件に、テレスとノーラも真顔で同意する。

時折神殿などから人を預かって教育することがあり、その時に指導していて揉めるのは、相手に経験があって生半可に知識や技量を持っている場合のほうが多い。このあたりは即戦力を求めて中途採用すると、よく遭遇するトラブルでもある。

「あと、若くて素直な子のほうが、自分の色に染めやすい、みたいなところもあるんじゃない？」

「アタシはそこまで考えてないけど、テレスとノーラに関しては、いっそそれぐらいのほうが出来合いの男を探すより確実かもしれないなあ、とは思ってるよ」

「『だから余計なお世話（なの）です!!』」

話がまじめな方向に行ったかと思えば、やっぱりテレスとノーラの婿問題に戻ってくる真琴とファム。

こういう部分は宏と違って、ちょっと耳年増なぐらいで年相応なことに、内心でほっとする真琴と達也であった。

☆

「うーん……、もうちょっと決め手に欠ける感じかなあ……」

「露骨に権力や財産目当ての人達は省けたけどねえ……」

「あとはせいぜい、明らかにノーラ達を見下したり言うこと聞く気がない連中を排除するぐらいなのです……」

夕食時。

一通り面接を終えたところで、頭を抱えてうなるファム、テレス、ノーラの三人。

面接の結果が、あまり芳しくなかったのだ。

なお、ファム達が納得しなかった結果、現時点では仮合格という扱いになったため、合格者に夕食でふるまう予定だった赤飯やごちそうの出番は先送りになり、今回は普段どおりのメニューになっている。

「あんまりいい人、いなかったの？」

「そういうわけじゃないんだけどさあ……」

「なんかこう、このまま全員合格にするのは気に食わないというか……」

「だけど、不合格にするにも決め手に欠ける感じなのです」

食事しながらのライムの質問に、非常に困ったという様子を隠そうともせずにそう答えるファム、テレス、ノーラ。

主に年齢や外見を主体とした諸事情で、ライムは面接には不参加だったのだ。

「つまり、もう一つぐらい、なんか試験があればええんやな」

「そういうことなんだけど、どっちかっていうと未経験者を欲しいと思ってるのに、あとから教えたほうが都合のいい知識や技能なんかを試験にするのもなあ、って感じで……」

「かといって、これ以上面接に時間かけても多分無駄、って感じなんですよね」

「なるほどなあ……」

ファムとテレスの言葉に、難儀なもんだとばかりに頷きながらも、特に代案などは出さない宏。インスタントラーメン工場の時もそうだったが、基本的に宏はこの手のことでは役に立たない。

「今思ったんだけどさ」

「マコトさん、何かいいアイデアあるの？」

焼酎で口を軽く湿らせてから発言した真琴に、真っ先にファムが食いつく。

「アイデアってほどでもないけど、うちって社会的な立場とかそういうのを度外視すれば、基本的には個人経営の零細企業なわけよね？」

「人数的には零細って範囲をはみ出してるけど、基本的な事業構造はそういう感じかな？」

「あ～、確かにあたし達とレラさんとか管理人さんも含めたら二十人近くいるから、零細っていうよりは小規模企業っていうほうが正しいか」

春菜に指摘され、企業としての規模については一応修正しておく真琴。

実際のところ、統計などのために明確な定義こそあるものの、事業実態で見た場合において、小規模企業と零細企業の境界線は非常に曖昧なところがある。

従業員数自体は十人を超えているが家族だけでやっている工場と大差ない売り上げや事業内容の会社もあれば、たった五、六人、十五坪ほどの工場で年間十数億の売り上げを叩き出している町工場もあるので、売り上げや従業員数で線引きすると首をかしげることになりがちなのだ。

さすがに現在のアズマ工房は事業内容も売り上げや従業員数も零細企業とは明確に呼べなくなっているが、事業構造自体は家族経営の町工場とあまり変わらないこともあり、真琴がそのあたりを勘違いしても仕方がない部分はある。

「で、それと今回の採用の話と、どういう関係があるの？」

「えっとね。今回に関しては、宏の実家が従業員雇ったときに一番困ったのは何か、っていうのを参考にしたらいいいんじゃないかな、って」

「ああ、なるほど！」

真琴の意見に春菜が納得し、その場にいる人間の視線が宏に集中する。

「師匠、何か心当たりある？」

「すぐに思いつかないなら、今日帰ってご両親に聞いてくるってのもありだが、どうだ？」

「全部知っとるわけやないけど、聞かされる愚痴で言うたら二つほど心当たりあるなあ」

「「「どんな？」」」

澪と達也に振られて漏らした宏の言葉に、ファム達従業員組が即座に食いつく。

その勢いに苦笑しながら、とりあえず一番多いパターンについて説明を始める宏。

「まあ、いっちゃん多いんが、仕事覚える気ないいっちゅうやつやな」

「はあ!?　そんな人いるの!?」

「居んねんわ、これが」

職員組を代表してのファムの絶叫に、げんなりした表情を隠そうともせずに断言する宏。

雇われたら仕事を覚えようとがんばるのが当たり前、という価値観のファム達にとって、なかなか衝撃的な話だったようだ。

「まあ、タイプとしてはいろいろあるんやけど、共通するんは『同じこと何度も聞く』っちゅうんと、『すぐに違う仕事したがる』っちゅうことやな。あと、なんやかんや言うて基礎的な作業とか簡単な作業とかを、っちゅうか零細企業そのものを全面的に馬鹿にしとるっちゅうんもあるか」

「「「え〜……？」」」

「冗談抜きで、こういうタイプは割とゴロゴロしとんねんわ」

宏の言葉に、信じられないという表情を浮かべる職員組。

ただ、これに関しては、そもそも社会の風潮として零細企業を下に見る傾向があるので、そこでやっている仕事の一番基礎になる作業を馬鹿にする人間がいるのも、ある意味当然と言えよう。

実際には大企業だろうが社長一人でやっている零細工場だろうが、業種が同じであれば作業の規模や自動化の度合いが違うだけでやっていることは同じなのだが、そこに想像力が働く人間はそもそも零細企業を馬鹿にしたりはしない。

そのあたりに気がついていないからこそ、困ったやつ扱いされるのだ。

「因みに、僕が直接知っとる一番すごいやつは、まだ二十代後半やっちゅうのに朝作業開始の時に説明されたことを十五分後に確認して、二時間後にまた確認して、昼飯食ったあとに確認して、三時休憩終わってから確認して、次の日になったらまた確認して、みたいな感じを毎日繰り返して結局最後まで覚えへんかった、っちゅうんが居ってな」

「……ねえ、宏。それ、何か脳の病気疑ったほうがいいんじゃない？　いくら覚える気がないっていっても、そこまで間隔が短いと仕事に対する意識だけの問題にするにはちょっと……」

「検査で何もなかったらしいし、常日頃はそこまで物覚え悪かったわけでもないし、学歴とか在学中の成績とかもなかなかのもんやったみたいやで。因みに、覚えられへんのは教えるやつの教え方が悪いからやそうやけど、隠れ線もあらへんような単純な図面の見方なんか、そんな何回も聞かんと覚えられへんようなもんやないやん」

なかなか凄まじい話に、呆れるしかない真琴。

最初の説明から十五分後は勘違いしていないかどうか念のために確認した、ということでまだいい。それからもう一度ぐらいまでは、何か大きく工程が変わったのでついでに念のために、という可能性もある。

が、それ以上となると、覚える気がないと判断されても仕方がないだろう。

「まあ、そういうタイプの話はしだしたらキリないうえに、どんどん求人業界の闇がにじみ出てくるからこれぐらいにして、や。もう一つが、『すぐ辞める』、『根性がなさすぎる』っちゅうタイプやな」

「ああ、それはよく分かるよ」

「モデル業界でも、常識の範囲内で厳しく注意されただけで辞める子、珍しくもない」

「よっぽどのブラックだったらすぐ辞めても根性なしだとは思わないけど、変な客に捨て台詞で暴言吐かれて傷ついたから辞めるとかだと、そんな客が来たことと併せて二重の意味で雇った側に同情したくなるわよねえ」

「これがパワハラだって言われたら指導のしようがないぞ、みたいな理由でパワハラ扱いされたり、得意先にたまたまクレーマーが来てて巻き込まれたりとか、企業の努力じゃどうにもならない理由で辞めるやついるわなあ」

「まだ、やめる言うてくれたらええ方やで。中には採用して三日ぐらい出勤したら何の連絡もなしに失踪するやつも居るねん」

　こちらのほうは身近だからか、先ほど避けようとしたのと大差ないほど闇の深い話が他の日本人メンバーからもぽろぽろ出てくる。

　その闇の深さに、思わず唖然としてしまう職員組。

　基本的に縁故採用で職を得るのが普通、という環境で育ってきているので、そんな紹介者の顔に泥を塗るような真似をする人間の存在が信じられないのだ。

　特に、雇ってもらって三日で失踪など、何かの事件に巻き込まれでもしない限りありえない。

　もっとも、先ほどの覚える気がない連中はともかく、ちょっとしたことですぐ仕事を辞めてしまう人間というのは、ファム達の身近なところにいないというだけでファーレーンでもそこまで珍しくはなかったりするが。

なお、短さだけなら面接だけ受けて仕事に来ない、とか、初日の昼休みに食事休憩に出てから戻ってこない、などの事例もあるが、このレベルだと逆に被害が少ないためあえて言及していない。

「まあ、この話も深く掘り下げると碌でもないことになってきおるから、このぐらいでやめるとして、要はこういうやつを事前にはじければええねんな」

「そういうことね。何かいい方法、思いついた？」

「こういうんは、実際に作業やらしてみんのが一番やけど、なあ……」

宏がそう口にしたところで、何やら思いついたらしいファムが口を挟む。

「ねえ、親方。採用試験の実地に神の城の採取地を使いたい、って言ったらだめ？」

「別にそれ自体はかまへんけど、あそこやったらヌルないか？」

「そのあたりの調整って、できる？」

「やろう思ったら多分できるで。どんな風にする？」

「等級外とか八級の素材を中心に、よく見れば分かる種類のフェイクを大量に混ぜて、街の外で採取するより難易度と収穫量を上げる感じがいいかな？」

「難易度は採りにくくする方向やなくて、見分けんのが面倒くさい、っちゅう方向にすればええねんな？」

「そうそう。その作業でどんな反応を見せるかを観察して、って思ってるけど、どう？」

「ボクはそれでいいと思う」

宏と話しているうちに方向性が固まったらしいファムの提案に、あっさり賛成する澪。

「条件付きで、私も問題ないと思う」

「ノーラはやるだけやってみたらいいと思うのです」

「私も、別段アイデアがあるわけじゃありませんので、ファムの提案に乗ってもいいかな、って」

「わたしは、神の城に出入りさせていいのかな、ってちょっと不安だけど、しけん内容にはさんせいなの」

澪に続いて春菜が条件付きで賛成し、最後にライムが少し懸念事項を口にした以外は職員組からも反対は出ない。

その流れに押されて、反対しそびれる達也と真琴。

正直、先ほど面接の前にファムが垣間見せた、宏に勝るとも劣らない採取や素材に対する執着心を考えると、どうにも嫌な予感しかしない。

遅かれ早かれ目にする姿かもしれないが、それをわざわざ採用予定の新人達に見せつけるのは、不採用者も出ることを考えるとあまりよろしくなさそうな気がしてならない。

が、どうも今の雰囲気だと、それを突っ込んだところで流れは変わらないだろう。

「それで、ハルナさん。条件って何？」

「今回、城の採取地に入るためのゲストパスにね、今の段階でアズマ工房に害をなす要素がある人材をはじく設定をつけたいな、って」

「ああ、それはいいね」

「うん。あと、不合格になった人に、神の城のことを思い出せないようにロックをかけられる設定もつけておきたいかな」

「そうすれば、わたしの気になってたこともかいけつするね」

「うん。正直、あんまり採用活動に口を挟みたくはなかったんだけど、一番の当事者であるファムちゃん達が迷ってるみたいだから、これぐらいはいいかなって」

「正直に言うと、ノーラとしてはもっと口うるさく文句をつけてくれたほうがありがたいのです」

「信頼と配慮のうえとは分かっていますが、あまり自由にさせられると困る部分もありますので、できることならトップとしてこの人だけはダメ、みたいなのは指示していただけると助かります」

かなり遠慮がちな春菜に対して、きっぱりと文句をつけるノーラとテレス。

何でもかんでも口を挟まれると面倒くさいが、必要最低限はトップとしての意向を示してくれないとそれはそれでやりづらいのだ。

これに関しては今回の採用関係の話に限らず、日頃のアズマ工房の活動全般に言えることである。

もっとも、根本的な問題として宏達が日本での生活が忙しすぎるため、口を挟もうにも挟めるほどアズマ工房の現状を把握できていないので、トップとして意向を告げようにも何も言えないのが実情だ。

恐らくこの件は、向こう百年は実質ファム達による現状の運営を続けていくことになるだろう。

なお、ヒューマン種のファムとヒューマン種よりやや寿命が短い種族であるノーラだが、普段の食事や生産活動の影響で、すでに事故死でもしない限りあと百年以上は生きることが確定している。

このままどんどん寿命が延びるのは間違いないので、実力以外の面でもトップの代替わりはかなり先になりそうである。

「それで、ファムちゃん。次の試験はいつやる予定なの？」

「一応、合否は明日発表、場合によってはもう一つ何か試験するかも、っていう話を全員にしてあるから、追試のほうは明日やっちゃいたいな」

「それ、ちゃんと前もって話をしてるんだよね？」

「うん。面接の時に、ちゃんと全員に言ったよね？」

「言ったのです」

「明日の十時過ぎに集合っていう確約書にサインをもらってますので、もし来なかったとしても自己責任でしょう」

「だったら問題ないかな？　なんか振り回した形になってるから、合否に関係なく全員分、お昼はこっちでお弁当を用意するよ」

追試について概要が固まったところで、春菜がそう申し出る。

時間的に考えて、試験を受けるグループは採取の途中で昼食をとる必要が出てくるだろうし、逆に不合格者に対しても手ぶらで帰すのも気が引けるところである。

「お昼用意してもらえるんだったら、今日食べる予定だったごちそうは、来週に回してもらってもいいかな？　念のために合格者も一週間くらい様子見て、それから歓迎会のほうがいいんじゃないかな、って思うから」

「了解、そうするよ」

すっかり経営者らしい言動が板についている気がするファムの提案に、素直に了承する春菜。

こうして、今後アズマ工房の採用試験で定番となる採取試験、その初回の開催がファムの手によって確定するのであった。

なお、初回の採用試験の顛末はというと……。

「うわあ、何これ!?　アタシこれ見たことない！　こっちにも初めて見るやつが！」

試験を受けているはずの採用予定者を完全に放置し、神の城独自の素材にファムがハッスル。

どんどん奥地に進んでいってしまい、終了予定時刻を過ぎても戻ってこないというトラブルが発生。

さらに、宏による仕込みだったのかそれとも春菜の体質による偶然か、どこからともなく湧いて出たロックボアの変種をオキサイドサークルで仕留めて、

「このロックボア、すっごくいい肉質！　このあたりとか、絶対いい素材取れる！　この毛皮、何に使おうかな!?」

と、新人達の前でだらしなく緩んだ顔を晒しながらやたらと嬉しそうに解体してみせることに。

「……やっぱりこうなったのです」

「親方、どこまで仕込んでました？」

「ロックボアは仕込み半分、偶然半分やな。入口のほうの素材はともかく、奥地のほうはそもそもいじってへんから、自分らの調査不足やで」

ファムの様子を見て肩をすくめながら、宏とそんな話をするノーラとテレス。

「っていうか、ファムちゃんの宏君化が想像以上に進んでるよ……」

「正直、あたしはすごく嫌な予感してたのよ……」

「採用予定の連中がドン引きして……、って、全員がそうでもないのか……」

「ん。師匠にボクにファムにって、同類が三人もいるんだから、もっといてもおかしくない」

それを見ていた春菜の嘆きに対し真琴が思っていたことを素直に告げ、便乗しようとして意外な事実に気がついた達也に澪がトドメを刺す。

「ファムさん……、素敵です……」

「なるほど、ああやって解体すれば無駄な肉とか出ないんだ！」

「あのロックボアのお肉、いぶしたあとにチーズかけてレアな感じで焼けば……、じゅるり」

食いつく方向はそれぞれ違うが、そんな風に引くことなく全力でファムの行動に食いつく三名ほどの採用予定者。

なお、千年の恋も冷めそうなだらしない表情で解体を進めていたファムを素敵だと称賛したのは、驚くべきことにライムと変わらぬ年頃の男の子だったりする。

他にも三人ほど、ファムの様子にこそドン引きしてはいるものの、採取や解体の技を盗むべく作業を真剣な目で見ている人物もいる。

どうやら、なんだかんだで無事に人材採用はできそうである。

「……まあ、ちゃんと新人は雇えそうやから、よかったたっちゅうことにしとこうか」

「あの子がおねーちゃんの相手にふさわしいかどうかは、わたしがしっかり見きわめるの！」

今回採用確定なのは恐らくこのあたりだろう、という感じで目をつけた数人の様子を眺めながら、そんな話をする宏とライム。

こうして、採取試験まで進めた十五名のうち、最終的に男子四人、女子二人が仮採用という形で合格するのであった。

第73話　……地引網で過去に干渉するのは、さすがに反則です……

「ねえ、親方。せっかく新人が入ったんだし、何か指導してくれない？」

採用試験終了から一週間後。仮採用の新人達の試用期間が終わり、ウルスの工房の寮へと引っ越してくる日。

歓迎会の準備をしていた宏に対し、ファムがそんなお願いをしてくる。

なお、テレスは現在別の作業中、ノーラは新人達の作業服を調達しに外出中で、ライムはルーフェウス学院にて新人達にお勧めのカリキュラムや必須の学習内容をまとめつつ、つい先日発見した付与関係の法則について教授達と議論している。

ジノ達はしばらく後輩の教育で減るポーション類の生産の穴を埋めるため、現在せっせと八級と等級外ポーションの在庫を積み上げているところである。

なお、採用後の流れがこうなったのは、単純に日本でよく見るシステムを踏襲したからである。

今後も今回の新人と同じく、新規採用者は一週間から十日ほどの試用期間を経て、問題がなければ本採用として入寮する流れになるようだ。

無論、何事にも例外はあるので、あくまで原則的には、ではあるが。

「指導なあ……。簡単に言うけど、入ったばっかの時にやらせることなんか素材集めと下処理の勉強も兼ねた等級外ポーション作成ぐらいしかあらへんで」

ファムのお願いに、少し考えてそう答える宏。

最初の職員であるファム達も、二番目に入ってきたジノ達も、最初にやったのはウルス近郊で素材の採取をさせてそれを等級外ポーションに加工することである。

ありとあらゆる生産活動の考え方の基礎がそこに詰まっているため、逆に他のことをさせるのは難しい。

「今となっては、そのあたりは僕がやってもファムらがやっても同じやで。実際、この一週間は様子見もかねてずっと自分らが指導しとったんやし」

「うん。だからこそ、親方にはアタシ達にできない系統で何か指導してほしいんだ」

「ファムらが指導できんことを新人に教えても、そもそも何が起こってるかも分からんで」

教わる側に必要な基礎能力について言及することで、ファムの要望をかなえるのは難しいことを遠回しに伝える。

それを横で聞いていた春菜(はるな)が、埒(らち)が明かないとみて口を挟む。

「それって要は、宏君がすごいんだってところを見せたいってことでいい?」

「そういう面もあるよ。やっぱり最初にある程度ガツンとかましておく必要はあると思うしさ」

「うん、まあ、それは分かるけど、全く理解できないことやっても逆効果になりかねないよ」

ファムの言い分にある程度理解を示しつつ、そう釘(くぎ)を刺す春菜。

単なるパフォーマンスとしてやる分にはそれもありだろうが、一応指導という名目でやる以上は、受ける側が理解できる範疇(はんちゅう)でやらなければ意味が薄い。

「そのあたりを踏まえたうえで、一応工房主としての威厳を示せる程度のなんかを指導っちゅう形でやれっちゅうんは、ものすごいハードルやで」

「だよねえ」

「ちゅうかな、こんな初歩中の初歩やっとるタイミングで僕が口挟むより、修業も兼ねてファムらが指導したほうがトータルではプラスやし」

「そのあたりは私も同感。ただ、それはそれとして、頻度はあえて控えめにするにしても、宏君も何か指導したほうがいいっていうのも分かるんだよね」

ファムの要求に対し、思うところを素直に告げる宏。

春菜も全体的にはどちらかというと、宏の意見に賛成のようだ。

そこに、新人達を各自の部屋へ案内していたテレスがやってきて口を挟む。

「あの、親方。あまり難しく考えないで、私達の鍛え方が足りてなくてかつ、新人達が早いうちに身につけたほうがいい内容を軽く指導してくれる、程度で十分だと思いますよ」

「……っちゅうことは、料理と釣りあたりか？」

「あう……、自爆した……」

テレスの言葉に、そんなアイデアを出す宏。

宏の口からさらっと料理が出てきたことに、結構なダメージを受けるテレス。

「料理といえば、真琴さんが食事は可能な限りランク別に作らせるように、って言ってたよね？」

「うん。だから、アタシ達は今後も四人で当番をローテーション。しばらくは指導もかねてジノ達と新人達は一緒のグループで当番制にするつもり」

「だったら、早めにちゃんと料理できるようにならないと、食事の時間が苦痛になるね」

ファムの言葉に、それは大変だと頷く春菜。

フェアクロ世界の場合、本気でものづくりを極めたいのであれば、料理も避けては通れない。

なので、職員達が当番制で食事を作るのは、ものづくりの修業として重要な意味を持つ。

だが、修業だからと毎日まずいものを食わされ続けるのは、精神的に大変よろしくない。

場合によっては、他の修業にもマイナスに働く。

「まあ、料理の修業はうまく扱える食材のランクが上がっていくだけで、味のほうはメシマズ脱却したあとは必ずしもおいしゅうなるとは限らんねんけどな」

「メシマズ脱却するだけで十分じゃないかな？」

「せやな」

料理スキルのあまり嬉しくない事情について、割と身も蓋もない結論を出す宏と春菜。

余談ながら、プロの指導と監視のもと、ちゃんとレシピどおりにやってもポイズンクッキングになるレベルで料理が駄目な人間でも、エクストラスキルを取れるまで料理スキルを鍛えること自体はできる。

しかし、そのレベルの人材だと、何をどうがんばってもメシマズやポイズンクッキングを脱却することはできない。

世界は広く現実は小説より奇なので、春菜やアルチェムの体質の料理版と言っていい人間も普通に存在するのだ。

というより、ただ歩くだけを含めたありとあらゆる行動について、やれば絶対ファンブルになっておかしな現象を引き起こす存在が実際にいるのである。

実のところ、どんな食材を使っても普通に美味しいレベルにまでしかいかないテレスは、世界全体で見ればまともな部類に入るのだ。

「何にしても、大量にダブついとる食材を効率よく消費できるように、新人の料理鍛えるんはありやな。何気に指導できる内容も結構多いし」

「親方が原因だって、自覚してます？」

「一応自覚はあるで。ベヒモスはともかくリヴァイアサン以降のは不可抗力やけど」

倉庫に大量に存在するモンスター食材について言及し、即座にテレスに突っ込まれる宏。

ファム達ですらまともに扱える食材はレッサードラゴンどまりなので、グレータードラゴン以上の肉が減る目途は一切立っていない。

「まあ、料理はそれでええとしてや。あとは釣りやねんけど、これはこれで、あんまり教えられることとってあらへんねん」

「そうですねえ。何釣りたいかでどういう仕掛けするのがいい、とかぐらいで、それからはもう感覚的なものですからねえ」

「どうなったら魚が食いついてて、どういうときが単にちょっかい出されてるだけなのかっていうのは、口で説明しても分かるようで分からない感じだからね」

もう一つ候補に挙がった釣りについて、そんな風に問題点を列挙する宏、テレス、ファム。

よほど小さな魚でもない限り、引いているかどうかの違いくらいははっきり分かるが、それが軽く餌や仕掛けをつついただけなのか、それともガッツリ食いついたのかは、よほどセンスがない限りは何度も経験しないと判別できない。

食いついた魚の釣り上げにしても、小魚は強引に引っ張り上げても割といけるが、ある程度以上になるとそうはいかなくなってくる。

これも、相手の動きに竿を合わせながら糸を巻いたり緩めたりする、と口で言うのは簡単だが実際にやるのは難しいことが求められる。

そこを指導しようにも糸の動きと竿のしなりだけで指示を出さなければいけないので、指導する側の難易度も跳ね上がる。

結局のところ、最終的には何回もやって経験を積むしかないという、他の生産スキルと同じ結論に落ち着いてしまうのだ。

もっともこの点は、どんなことについても同じだろうが。

「そういえば、釣りで思い出したんやけど、神の釣り竿スキルってあんまちゃんと検証してへんな」

「言われてみれば。せいぜい、コップの水に糸垂らしてウナギが釣れるとか、何もない空中に向かって針投げ込んだら飛行系の魚が釣れたとか、そういうことぐらいしか確認してないよね」

「せやねん。確か釣りスキルっていわゆる漁にも補正かかっとるはずやから、その辺どないなってるかっちゅうん、確認しといたほうがええかもしれんなあ」

「そうだね。向こうで地引網とか追い込み漁とかやる機会がないとは言い切れないし、どう影響するかは確認しておいたほうがいいかも」

釣りの話題で宏が思い出した要確認事項に、春菜が真面目な顔で同意する。

そこに、事前に決めた方針に従い、新人に渡す作業服を調達しに出ていたノーラが戻ってきた。

「ただいまなのです」

「おかえり。どうだった？」

「ちゃんとよさげな服が揃(そろ)ったのです。裾上げや修繕を自分でやらせれば、いい練習になると思うのです」

ファムに問われて、にやりと笑ってそう答えるノーラ。

古着は一般庶民にとって重要な服の調達手段なので、さすがに買い占めることはしていないようだが、それでも恐らく商売に支障が出ないぎりぎりの数を購入してきているようだ。

とはいえ、六人分となると十分ではあっても余裕があるほどではないし、状態もいろいろだ。

取り急ぎその中から現在自前の服で作業をしている新人達に配るために、外出用にすべき綺麗(きれい)な服と、すぐ使い潰(つぶ)していい感じの服をより分けていく。

「傷み加減がバラエティ豊かだよね。これなんて、売っていいの？　ってぐらいボロボロだし」

「古着なんてそんなものなのです。それに、最初のうちは素材集めや木工なんかをやってるうちにあっという間にダメになるのです。だったら、次はもう雑巾になるぐらいのやつで十分なのです」

「あ～、そうかも」

古着を一通りチェックしての春菜の感想に、ノーラが割と身も蓋もないことを言う。

その言葉に、あっさり納得する春菜。

採取作業は藪(やぶ)の中などに入っていくのが基本なので、どんなに注意しても服やら髪の毛やらをあちらこちらに引っかける。

春菜もこちらの世界に飛ばされたばかりの頃、そのあたりを意識していなくて髪の毛をちゃんと束ねておらず、木の枝などに絡まってひどい目に遭ったものだ。

それを考えれば、最初のうちは元からぼろぼろの服を重ね着して使い潰すぐらいで問題ないというノーラの考え方は理にかなっている。

「それで、何の話をしていたのです？」

「ああ。最初のうちに新人達にガツンと一発かますために、親方に何か指導してやってほしいって頼んでたんだ」

「それは重要なことなのですが、基本中の基本であるポーション関係は、ノーラ達がやったほうがよさそうなのです。それ以外というとどれも前提知識がある程度必要だったり、指導と言えるほどのことができなかったりなのですが、何かいいネタがあったのですか？」

「一応、料理と釣りっていう話にはなってるわね」

「なるほど。でも、釣りの指導は、何気に難易度が高そうなのです」

「それも、今話が出てたよ」

ノーラに対し、今までの話題をざっくり説明するファムとテレス。

それを聞いて正直な感想を口にしつつ、何やら考え込むノーラ。

そんなノーラの様子を、なぜか固唾(かたず)を飲んで見守る一同。

そんな中、考えがまとまったノーラが口を開く。

「釣りと料理のあとぐらいでいいのですが、新人達が製錬した鉄で何か道具を作ってやってほしいのです」

「別にええけど、その心は？」

「どうせ新人が今の時点で製錬できる鉄なんてくず鉄一歩手前なので、親方が加工してちょうどいいぐらいになると思うのです。それを見せれば、目標としていい感じになると思うのです」

「なるほどなあ」

妙によく考えられたノーラのアイデアに、思わず感心する宏。

さすがの宏といえど、熟練度がゼロからせいぜい一桁までのスキルで作った鉄では、それほどいいものは作れない。

作れても、かろうじて高品質の部類に入る採取用ナイフやハンマー類くらいである。

エクストラスキルがあろうが創造神へと神化していようが、素材の質による限界は明確にある。

むしろ、本来使い物にならない品質の鉄で、そこまでのものが作れることに驚かねばならない。

因みに、この品質はエンチャントなしで狙える限界なので、各種エンチャントを突っ込めるだけ突っ込めば低品質の魔鉄製品を超えることくらいは可能である。

「差を見せつけつつ最終的に乗り換えさせるっちゅう観点なら、エンチャントは禁じ手やな」

「絶対にダメなのです。それをやったら、いろいろ台無しになるのです」

「やなあ。ただ、他のジャンルの技能があればどれぐらい変わるか、っちゅう例示のために、一個見本品としてフルスペックで作るんはありやな」

「それならありなのです。ただ、そこまでいくと、多分ジノ達ぐらいの技量がないと魔力がこもってるかどうかぐらいしか差が理解できないと思うのです」

「まあ、見本品やし、そのうち分かればええんちゃう?」

ノーラの危惧に対し、そんな緩いことを言ってのける宏。

元から、宏の本当のすごさやヤバさを理解しようと思うと、理解する側に最低限七級ポーションを失敗せずに作れるレベルの技量は必要だ。

なので、むしろ技量が上がれば上がるほどすごさを認識して鼻っ柱が折れるぐらいのほうがいいかもしれない。

「で、考えたんやけどな。ノーラの言うとおりに鉄でなんか作るんやったら、個人ごとになんか渡すよりも、全員で共有するもん渡したほうがええかもしれんな」

「親方、何企んでるの？」

何やら怪しげなことを言い出した宏に、首をかしげながらファムが質問する。

「企むっちゅうかな。確か、新人は六人雇ったはずやんな？」

「うん」

「せやったら、包丁として万能包丁に菜切り包丁に出刃包丁とパン切り包丁ぐらい作って、あとは大物解体用の刃物二本用意して、それを六人で共有する感じでええんちゃうかと思ったんよ」

「なんで？」

「こういうのって、いずれ自分用のんが欲しなるもんやん」

「ああ、道具を更新する動機を、最初から用意しとく感じ？」

「そうそう。自分用のが欲しかったら、自分で作れってはっぱかけられるやん」

「いいね、そういうの」

宏の目論見に、とてもいい笑顔で同意するファム。

ファム達の時も基本的には共有もしくは借り物だったため、長時間使いたいときや無茶をしたいときには大変不便だったものだ。

それがあったからこそ道具づくりの勉強もがんばったわけで、そのあたりのモチベーションを上げる仕組みは重要だろう。

「そうなると、順番的にはまず鍛冶やって、そのあと釣りと地引網で、釣果を使って料理の指導のほうがええかもな」

「うん、そうだね。私も久しぶりに、こっちのお魚を釣りたてで調理したいかも」

宏が立てた計画に、真っ先に春菜が食いつく。

「言われてみれば、最近普通の魚はご無沙汰なのです」

「釣りをやってないわけじゃないけど、これ以上在庫を増やしてもしょうがないからって、全部漁港に卸してたものねえ」

「ローレンで仕入れたローザリアとかも、まだ食べ終わってなかったからねえ。そうでなくてもドラゴンとかワイバーンとかに偏りがちで魚の頻度低めなのに、魚は魚でハルナさんとかが諸般の事情で仕入れたやつを食べ終わってないっていう」

春菜の言葉に反応し、最近の食生活について思うところを述べるノーラ、テレス、ファム。

なお、ローザリアとはルーフェウスのそばにある世界最大の湖・ルーデル湖で獲れる高級魚で、バラのような模様が入っているのが特徴の、最大で二メートルを超える大型淡水魚である。

高級魚だけあってとても美味なのだが、サイズがサイズだけに可食部もとてつもなく多く、ファム達全員でかかっても一度に半身も食べきれない。

そんなのがまだ十四以上残っており、他にも砂漠で得たサンドマンタや砂鮫、蟹、砂漠トビウオなども山ほどあるため、わざわざいつでも釣れる普通の魚を食べる機会が減っているのだ。

よく話題になるワイバーンなどの肉系食材以外でも、宏達の過去の所業は重くのしかかっているのである。

「それじゃあ、日程を決めちゃおう。釣りと地引網は今週の日曜にするとして、鍛冶はその前日ぐらいかな？」

「せやな。その辺やったら、澪もさすがに動けるようになっとるやろう」

「澪ちゃん、今日はいきなり始まったみたいだったからねえ……」

またしても月のものでダウンしている澪の話をしながら、日程を決める春菜と宏。

今回は歓迎会への参加は難しいが、二日もあれば普通に動けるぐらいの重さで、本人は実に悔しそうにしながら安静にしている。

ようやく採用試験の時に用意していたごちそうの出番だというのに、宴会の雰囲気の中でそれを味わえないことに悔し涙を流しているのは実に澪らしいといえよう。

さすがにそんな澪を差し置いて、大した生産能力もないのに参加するのは気が引けたようで、真琴も看病を口実に今回は欠席である。

達也と詩織は単純にいつもどおり、仕事と娘の世話だ。

そんな状況なので、できれば宏と春菜も欠席したかったのだが、さすがに代表者二人が大した理由もないのに欠席するのは、新人を歓迎していないと思われても仕方がないので観念して出席している。

「その日程で動くから、それまでに新人連中に最低限の製錬と鍛冶は仕込んどいてや」

「分かってるって。アタシ達に任せて」

「作業内容が理解できる程度で十分なので、三日もあれば余裕ですよ」

「ただ、さすがにわざわざ掘りに行く時間はないのです。クレストケイブで適当にクズ鉱石を買ってきていいですか？」

「別に構わんけど、クズ鉱石とはまた、いろいろハードル上げよるなあ……」

「質がいい鉱石だと、含有量が多すぎるのです。どうせ新人が精錬した時点で、鉱石の品質に関係なくダメな鉄ができるのです。質の悪い鉄があんまりたくさんできても困るので、売れなくてダブついてる石を時間いっぱい使い潰すくらいでちょうどいいのです」

宏の要求に対し、頼もしい返事をするファムとテレス。そこに補足するようになかなかえぐいことを言うノーラ。

実際問題、採掘する時間が厳しいのは間違いない。

それに、採掘の技量的にも、新人達が手に入れられる鉄鉱石は最低品質のものだ。

恐らくノーラが購入する予定のものと大差ないか、下手をすればそれを下回る可能性すらある。

実際、テレス達が初めて掘った鉄鉱石も、鉄などほぼ含まれていないただの石と変わらないものだった。

なので、鉄鉱石を買うぶん採掘の熟練度上げが遅れる以外、全体的には変わらないことになる。

生産スキルを鍛えるうえで要求される試行回数からすれば、その程度は誤差の範囲なのは言うまでもない。

「まあ、その辺は任すわ。それはそれとして、そろそろライム呼んできて、ええ加減歓迎会始めたほうがええんちゃうか？」

「ああ、そうですね。ちょっと呼んできます」

いまだに教授達と議論をしているらしく、一向に戻ってくる気配がないライムを呼び戻す役に、テレスが立候補する。

そろそろ新人達も自室に運び込んだ荷物の片づけが終わる頃だろうと考えると、さすがに呼びにいかなければまずい。

「議論に巻き込まれんようにしいや」

「分かってますよ。最悪、オクトガルに強引に連れ出してもらいます」

宏に釘を刺され、そう答えてルーフェウス学院へと向かうテレス。

どうやら、自分でも教授達の議論から逃げ切る自信はなかったようだ。

その不安は的中したようで、

「「「遺体遺棄～」」」

「お～、お帰り。っちゅうか、ダイレクトに転移してきたんやな」

「一応ルーフェウスの工房経由～」

「十分省力化～」

「この後のごはんで補填（ほてん）～」

「ごちそうよろしく～」

「了解や」

十分後、結局二人してオクトガルに連れて帰ってきてもらう羽目に。

「オクトガルに頼らんとあかんあたり、ライムも教授連中とものすごい白熱した議論しとったんやなあ」

「なかなか手ごわかったの」

「さよか」

ライムの返事に、明日からもしばらく学院に入り浸りそうだなと苦笑する宏。

実のところこの予想は外れ、ライムはまず自身の仮説を補強するために工房での研究を優先するのだが、さすがに時空系の権能を持つわけでもない宏には、そこまでの予測は不可能だったようだ。

「まあ、歓迎会始めよう。最初の料理と飲み物出しちゃうから、みんなを呼んできて」

「は～い」

春菜に言われ、ライムが元気よく返事してオクトガルとともに伝令に向かう。

このあと行われた歓迎会だが、触れたこともないような天上の美味に中てられた新人達の情緒がおかしくなったことにより、宏達との正式な顔合わせとしては大失敗に終わるのであった。

☆

「これが、新人連中が作ったインゴットやな？」

数日後の土曜日午後、ウルスの工房。

早速鍛冶場に入った宏は、転がっていたインゴットを一本手に取って観察しながらノーラに確認する。

今日は諸般の事情で、立ち会いは新人達とノーラだけである。

「そうなのです。ノーラ的にも昔を思い出す品質で、懐かしいような恥ずかしいような痛いような、なんとも複雑な代物なのです」

「大丈夫や。僕かて駆け出しの頃はこんなもんやったし、春菜さんも一発目はそこまで大差あらへんかったで」

「そうなのですか？」

「おう。まあ、春菜さんに関しては魔法とか他の生産とかで感覚まわりとか鍛えとった分だけ、気持ち程度はましやったけどな。ぶっちゃけ完成品への影響でいうたら誤差の範囲や」

なんとなく昔を思い出して恥ずかしそうなノーラに対し、そんな妙なことを言う宏。

ついでだからと、完成品もチェックして新人達の現在の腕を確認する。

「なるほどな。一回か、よういって二回使ったら潰れる感じやけど、一応ちゃんと鏃として刺さりはするな」

「そこは何とか使えるところまで鍛えたのです」

「三日でようがんばったな」

「そういう話だったので、かなりスパルタでやったのです」

「まあ、集中してやったらできんことはないか」

完全にスタミナが枯渇しているらしく、指一本動かせないレベルでぐったりしている新人達に目を向けながら、ノーラの言葉に頷く宏。

一応使い物になるレベルの鏃を作れるのは、熟練度でいえば大体十ぐらい。『フェアクロ』のプレイヤーの場合はその気になれば一日で到達できるが、この世界の住民だとそうはいかない。精錬スキルも練習していたことを考えると、三日というのは相当がんばったと言っていい。

何せ、オルテム村に行く前に宏達によって多少精錬と鍛冶を鍛えられたノーラとテレスの場合、特に根を詰めてやったわけではないこともあって五日ほどかかっている。

ノーラ達の場合はこの間も普通に納品用の等級外ポーションを作ったりしていたので単純比較はできないが、宏が指導して無理なく作業して五日かかるということを踏まえると、どれだけ無理をしたかは察するに余りある。

補足だが、この頃はまだファムとライムは精錬も鍛造も触れていない。

子供にやらせる作業としてはためらわれるものであったうえに、当時のファムはまだ今ほどものづくりにハマっていなかったので、鉱石の在庫と相談して見送ったのだ。

「で、こっちが失敗作か。まあ、刃物とか鈍器とかはまだ、まともなもん作れるわけないわな」

「鏃だけだと成長が分かりづらいので、モチベーション維持のために何度か別のものを挟んだのです」

「まあ、分からんではないいな」

失敗作のナイフらしきものやハンマーっぽい何か、鎌になりたかったであろうなれの果てを見ながら、ノーラの言葉に納得する宏。

同じことばかりをやると飽きるのは当然のことで、その対策としてもっと難しいことを試しにやらせるのは悪いことではない。

特に今回の場合、鏃も含めて成功失敗関係なくもう一度溶かして加工しなおすし、もともと練習以外では使い物にならないほど低品質の素材を使っているので特にリスクはない。

ゲーム時代の宏は一応鏃からスタートしたものの、それで上がる熟練度ではナイフの製造難易度が変わらなかったため、ノーラ達や春菜の指導ではいきなりナイフからスタートした。

だが、その修業内容に思うところがあったのか、ノーラはゼノ達や今回の新人の教育は鏃から始めたようだ。

「春菜さんはナイフづくり始めたとき、延ばしすぎて割ってもうたり焼き入れたときに割れてもうたりで苦労しとったけど、こいつらはそこをどんぐらいで脱却できるんやろうなあ」

「これだけに専念させるわけではないので、早くて三カ月はかかると思うのです」

「まあ、そんなもんか。そもそも焼き入れ云々(うんぬん)いう前に、鉄鉱石から鉄と鋼(はがね)を作り分けできるようにならんとあかんしな」

そう言いながら適当にインゴットを集め、鍛冶場に立つ宏。

その瞬間、どこか弛緩(しかん)していた空気がいきなり引き締まる。

「まずは、とりあえずこれ一本で何でもできる万能包丁からやな」

そう言いながらインゴットを熱し、金床の上でおもむろに叩(たた)きはじめる。

見ている間に、一本の美しい万能包丁ができあがる。

「まとめて焼き入れすると忙しいから、先焼いてまうか」

そう呟(つぶや)いて、できあがった包丁を再び熱し、無造作に水に突っ込んで冷やす。

「あとは焼き戻しして調整やけど、そのあたりは質問タイムでやろか。ほな次」

そう言って、まるで早送りのような動きで次々に包丁を作り上げていく宏。

普通の職人がやったら一本目も終わっていないような時間で、あっという間に予定した全ての包丁と大物解体用のナイフ二本を作り上げる。

それらは素人目にもとんでもない性能を持つ刃物であることが一目で分かる逸品であった。

「分かっていたことなのですが、まだまだ背中が遠いのです……」

「言うたかて、自分らでもこの材料でこれぐらいのもんは作れるやろ？」

「親方のように、どこでも手に入る道具で作るのは無理なのです。最低でも自分専用のハンマーと金床を使わないとなのです」

「そうかあ？」

「そうなのです」

やたら腑に落ちないという空気を出してくる宏に対し、きっぱりとそう言い切るノーラ。

ノーラとてウルスでトップテンくらいの腕を持っている自信はあるが、それでもさすがに初めて使う平凡な品質の道具で、エンチャントも行わずにクズ鉄同然のインゴットから鉄製としては最高峰の出来の包丁を作るのは無理だ。

どうやったところで、上級品がいいところであろう。

「まあ、それは置いとこう。多分新人諸君は事前に聞かされとるとは思うけど、今作った刃物は自分らで共有な。注意事項として、エンチャントは一切してへんから、先輩らが使うてる道具と違うて自動修復とかせえへん。ちゃんと手入れせんと、あっという間に切れんなるで」

当たり前のように自動修復という単語が出てきたことに、新人達がざわつく。

お互いに顔を見合わせて何やら牽制しあった後、新人のうち男性の一人である十代半ばぐらいの真面目そうなヒューマン種の少年が手を挙げる。

「質問よろしいでしょうか!?」

「おう、ガンガンしたって」

「あの、エンチャントとか自動修復とか信じられない言葉が出てきましたが、普通こういう包丁にはエンチャントなんて高価なものは施さないものではないでしょうか？」

「他所(よそ)はそうかもしれんけど、うちは道具とか機材にはかけられるだけかけとくんが基本や。そもそも、巷(ちまた)のエンチャントの値段はぶっちゃけ技術料やからな。触媒はものによるところやけど、基本になる耐久力向上と自動修復ぐらいやったら、等級外ポーションの材料と一緒に集められる程度のもんやし」

「えっと、あの……。どこがとはうまく言えないのですが、その理屈はおかしいような……」

宏が自信満々に言い放った言葉に、しどろもどろになりながらそう言い返す少年。

少年の言葉にうんうんと頷きながら、ノーラが口を挟む。

「一般的な感覚としてそれは間違ってはいないのです。ただ、今後腕を磨いていく過程で、どうしても錬金術とエンチャントの技法を使う必要が出てくるのです。なので、うちでは練習もかねて、ある程度ものになってきたら必ずエンチャントは行うようにしているのです」

ノーラの言葉に、新人達のざわめきが大きくなる。

互いに小声でぼそぼそ言い合っているのではっきりは分からないが、漏れ聞こえている内容から察するに、どうやらエンチャント必須と言われて自分達の魔力が足りるかどうかが不安になっているようだ。

「不安があるのなら、今のうちにはっきり聞いておくのです」

「……はい！」

「どうぞなのです」

ノーラに言われ、試験の際に食欲全開でロックボアを見ていた少女が手を挙げる。

「あの、ウチはほとんど魔力がないんですが、この先やっていけるんでしょうか？」

「心配いらないのです。魔力量なんて、ここで生活してたら勝手に増えていくのです。そもそもファムなんて最初は生活魔法すらまともに使えない魔力量だったのです」

「そういやそうやったな。メラネイト中毒の影響で、生命維持できる最低限の魔力しか持ってへんかったな、確か」

「そうなのです。ジノだって、エンチャントどころか錬金術だってできるかどうか怪しかったのです。最初からエンチャントができるほど魔力があったのは、テレスだけなのです」

少女の質問に対し、これまでのメンバーがどうだったのかを例に挙げて、問題ないことを説明するノーラ。

ノーラの言葉に、保護した当初のタート一家の状態を思い出して頷く宏。

割とすぐに一般人並みまで回復したので忘れていたが、ファム達一家に限らず旧スラム地区の住民は、命が助かっても将来はないのではと思わざるを得ないぐらい深刻な後遺症を抱えていたのだ。

当事者は誰も気づいていないが、宏が工房職員の訓練目当てにレイオットを巻き込んで旧スラム地区の改造事業を始めていなければ、恐らく今頃は魔力枯渇症で大量に死人が出ていたであろう。

生産スキルの共通特性である、種類に関係なくもれなく精神力が上がることによって魔力量が増える性質によるものだが、当然のごとく宏はそこまで考えていない。

鍛えづらい土木スキルを鍛える絶好の機会を利用した、ただそれだけである。

「因果関係を説明するんは難しいんやけど、ものづくりを続けとったら、魔力使わん作業でも勝手に魔力量は上がっていくねんわ。逆に、ポーション調合とかエンチャントみたいにほとんど体動かさん作業でも、スタミナが増えて体が丈夫になっていきおるから、今の段階での魔力量がどうとかは気にせんでもええで」

「そうなんですか？」

「せやねん。そういうわけやから、魔力足らんねんやったら、足りるようになるまで他のことやっとけばええ」

エンチャントと聞いて腰が引けていた少女に対し、あっさりそう言ってのける宏。

そもそもアズマ工房は金銭的な利益を全く気にしていないので、できないことを無理してやる必要はない。

アズマ工房に所属するうえで求められることは、裏切らないこととものづくりの腕を追求することの二つだけなので、その結果売り上げや利益が減っても誰も気にしないのだ。

「っちゅうわけで、他の子らも心配せんでええからな」

「むしろ、世間の常識や価値観とどんどんずれていくことを心配すべきなのです」

「僕らはともかくとして、ノーラとテレスはそうでもないんちゃうん？」

「相対的にマシなだけで、とっくに手遅れなレベルでずれているのです。そもそも、普通の価値観を持っていれば、ワイバーンやレッサードラゴンを使いきれないから邪魔だとか考えないのです」

「入手経路が不可抗力やったとはいえ、無駄に余って邪魔になっとんのは事実やん。レイっちらに釘刺されとるから、加工して売りもんにするんもできんし。っちゅうても、自分らわざわざそんなことは言わんやろ？」

「当然なのです。ただ、常々消費先や引き取り手を探してしまう癖がついたため、関係先から隙あらば押しつけようとするのはやめろと何度も言われて、最近ではすごく警戒されてしまっているのです」

「そんなことしとったん？」

「さすがに、ドラゴンやワイバーンは一回二回しかしていないのです。ただ、知らないうちに増えてたグリムボアとかテラーカウとかは、結構頻繁に押しつけようとしているのです」

「そんなもん、倉庫にあったか？」

「ちゃんと探せば、まだ残っているのです。商売や素材として使うには足りなくて、食べきるには多すぎる微妙な量なのです」

世間からどうずれるかという実例を、身を削った漫才で示そうとするノーラ。

ノーラが口にした内容を聞き、そんなものがダブつく環境であることにどう反応していいか困ってしまう新人達。

因みに、グリムボアはロックボアの上位種、テラーカウはルーフェウス付近に生息するモンスターとしては最強クラスの牛で、どちらもワイバーンよりは安い、というくらいの値段で取引されている高級食材である。

そんなものがダブついている理由が真琴と達也のせいなのは、もはや言うまでもないお約束であろう。

「とまあ、こういう感じなのです。最近ではジノ達もそろそろ似たようなことをやり始めているのです。注意しても無駄だとは思うのですが、こうならないよう気をつけてほしいのです」

「あの、そんな強いモンスターだったら、素材としては使えないのでしょうか？」

ノーラの言葉に、新人のうち最年長の男性が当たり前に思いつくであろう質問をする。

「うちの場合、そのランクは微妙に使いにくいんよ。性能も特性も中途半端で、この素材でないとっちゅう要素も特になくて手に入りやすい素材で代用できる範囲やから、そっちでやったほうが手っ取り早いし」

「一応、代用品では必要になる手順をいくつか飛ばせるのですが、数を揃えるのが難しいのでそのあたりのありがたみはほとんどないのです」

「今ちょっと在庫確認したんやけど、ダブついとる程度の量やと、修業にはならんなあ」

「手順が違うものが混ざるとややこしくなるので、使わないと材料が足りないとき以外はできるだけ避けたいのです」

「せやわなあ」

その質問に、実用上の理由で答える宏とノーラ。

修業という観点で見るならこの手のイレギュラーが混ざるのは悪いことではないのだが、使うようになるのが五級六級あたりからなので、事故防止のためにあまりやりたくないと思うのもしょうがない部分だろう。

「うちで仕事していれば、そういう場面にはしょっちゅう遭遇するのです。できるだけ用途を考えるようにはするのですが、大体は一時しのぎで終わってしまうのです」

「一応、多少は手順を省略できるから、納期迫ってるときには便利やねんけど、こいつら使うんってジノらが今メインで作っとるランクやし、上のほうのはファムらもまだ結構作っとるしやから、そもそも納期迫るまで数が足らんいうことがないねんわ」

「どちらかというと、在庫が余りがちになるランクなのです。今戦争が起こっても、即対応できるぐらいには在庫があるのです」

次々と明かされる、アズマ工房のありえない実態に絶句する新人達。

それを見た宏が、話を変えるというか元に戻す。

「だいぶ話が逸れたから戻すけど、鍛造がらみで聞きたいことってあるか？」

「あの、最後に赤くなるまで熱してから水に浸けるのは、何をやっているんでしょうか？」

「あれは焼き入れっちゅうてな、鋼の硬度を上げる作業や。細かい理屈は説明すると長くなるから、今日のところは端折るで」

「じゃあ、今炉の中に入れているのは何をやっているんですか？」

「これは焼き戻しやな。焼き入れだけやと硬くなりすぎて脆くなりおるから、そこを補正するためにやる作業や」

ファムにぞっこんだった少年と、ロックボアの無駄の出ない解体手順に釘付けだった少女の質問に、簡単に答えていく宏。

そうこうしているうちに刃物の焼き戻しが終わり、残るは仕上げのみとなる。

「よし、ええ感じやな。あとは砥石で仕上げれば終わりや」

そう言いながら宏が手早く刃先を研いで仕上げ、ついに新人達に支給する刃物類が完成する。

「次は、ここの材料と機材で、全力やとどの程度のもんができるかの実演やな?」

「はいなのです。お願いするのです」

「ほな、何作るか……。せやなあ、明日使えるように、鯨包丁でも作っとくか」

「確かに、親方が網を引く以上、鯨サイズのものがかかってもおかしくないのです」

お任せということで、とりあえず包丁としては最大級の大きさを持つものを作ることにする宏。

まずはありったけの鉄を溶鉱炉に入れるところからスタートだ。

「ついでやから、エンチャントの使い方の実演や。まずは、インゴット作る段階で耐久力向上と自動修復やな」

そう言いながら大量に魔力を込め、耐久力向上と自動修復の基本セットを付与しながらインゴットを精錬しなおす。

そのままありえないほどの速さで、仕上げた鉄のインゴットを休む間もなく叩いていく。

その姿はまるである種の芸術のようで、ノーラを含む見学者全員の言葉を奪う。

今使っている道具は市販品なので、本来ならこれだけの魔力を込めるとあっさり壊れるのだが、そこは宏のやることだ。道具や設備を壊さないように魔力を通すなどといったことは、息をするくらい自然にやってのける。

「こんなもんやな。包丁やっちゅうんで追加するエンチャントは迷ったけど、切れ味向上と浄化、解毒、サイズ任意変化、バランス自動調整をつけといたで。因みに、インゴット精錬する段階で練り込んだエンチャントは、製品の基本特製っちゅう形で定着するからな」

やたらえげつないオーラを出す鯨包丁を手に、かなり聞き捨てならないことをあっさり言ってのける宏。

割とポピュラーな切れ味向上はまだしも、浄化や解毒は普通包丁などの刃物につけるエンチャントではないし、値段的にもかなりお高いものだ。

バランス自動調整ともなると誰もが憧れる最高級のエンチャントだし、サイズ任意変化に至ってはノーラ以外存在すら知らない特殊なものだ。

何より聞き捨てならないのが、インゴットを精錬しながらエンチャントをすれば、製品の基本特製となるという点である。

そんな話、今まで聞いたこともない。

「鉄製の包丁に、後付けでエンチャント五個ですか。ノーラにはどうやっても不可能なのです」

「浄化は鍛造前にインゴットにつけたし、切れ味向上は鍛造中に練り込んだから、完成品にあとから付与したんは三つやな」

「どっちにしても、ノーラには無理なのです。そこまで魔力がこもっている鉄製品にバランス自動調整をつけた時点で、解毒すら怪しいのです。サイズ任意変化なんて、耐久力向上と自動修復以外何もつけなくてもギリギリなのです」

「要修業やな」

「はいなのです……」

圧倒的な実力を見せつける宏に、思わず真顔で修業不足を肯定するノーラ。

その様子を、呆然(ぼうぜん)と眺める新人達。

この時になって、新人達はアズマ工房に所属するとはどういうことかを、ようやく本当の意味で理解し実感するのであった。

☆

そして翌日。

「ええ天気で、絶好の地引網日和やな」

「そうだね。何がかかるかな？」

「ボク的には、美味しくて珍しくてたくさん食べられるもの希望」

ウルス港からほど近い砂浜に、アズマ工房一行とイベントの気配を感じ取った多数のギャラリーが集合していた。

なお、今回は久しぶりのビッグイベントだからと、詩織と菫も参加している。

逆にファーレーン王家とアルチェムは不参加だ。

王家については具体化してきたいくつかの案件と重なってしまい、相手の都合上日付をずらすこともできなかったため泣く泣く参加を諦めた。

アルチェムのほうは、なんとなく嫌な予感がしたエアリスやファム達、果てはオルテム村の良識派までが結託して止めに入ったので、素直に大人しくしている。

菫についてはそろそろある種の開き直りを持ちつつあるが、それでもあまり頻繁に行き来はしないつもりではいる。

「それで、網の設置とかは今からなの？」

「おう。沖合のほうまで持っていくんは、オクトガルがやってくれるっちゅう話や」

「投網～」

「地引網～」

「網投下～」

「遺体遺棄～」

「っちゅうことらしいわ。まあぶっちゃけ、遺体遺棄言いながら投げ込みたいだけやろうけど」

「「「大正解～」」」

この後の段取りについて確認する真琴に対し、宏とオクトガルがそう答える。

オクトガルに任せておけば、最悪、網の位置が悪かったとしても水中で調整してくれるので安心である。

ついでに言えば、オクトガルはこういうイベントで初回が不発に終わるようないたずらは絶対しないので、そういう面でも安心である。

ただし、二度目以降は妙なものを網の中に誘導したりといったことは普通にやりかねないのだが。

「にしても、ギャラリー多いな。大部分は漁港関係者か？」

「だよ。さすがに許可なしでやるわけにはいかないから」

「そういや、漁業権みたいなのがあるのか」

「そこまで厳密なものじゃないけどね。今回みたいに大規模なのは、ちゃんと話を通しておかないと確実に揉める程度には管理されてるよ」

網を投下しに行ったオクトガルを見送りながら、周囲にいた漁師風の男達についてそんな話をする達也と春菜。

ウルスの漁業権は日本ほど厳密なものではなく、個人で釣りをしたり貝を拾ったり素潜りで銛(もり)漁(りょう)をしたりする程度であれば、さほどうるさくは言われない。

だが、網を使ってごっそりとか船を出して大人数でとかになると、当然のことながら漁師達から待ったがかかる。

なので今回は、やると決めた時点でちゃんと話を通して許可を得ている。

もっとも、簡単に許可が取れるかどうかは日頃の関係次第なので、アズマ工房以外が同じことをやろうとしても、王家主催でもなければここまであっさり許可されはしないだろう。

「屋台もいっぱい出てるけど、それ以上に鍋とか焼き網がたくさん並んでるのが面白いよね～」

「商魂たくましいよね。特に網と鍋は、獲れた魚を無料で振る舞うって完全に読まれてるし」

菫をあやしながら、大量に用意された調理器具について言及する詩織。

春菜も網の使用料百チロルと書かれた値札を見ながら、なんとなく遠い目をしてしまう。

収穫した獲物は一部を除いて無料で振る舞うつもりだったのは確かだが、それを当て込んで商売をされるのは、さすがに複雑な気分にならざるを得ない。

「それで、なんでダイアズマーがあるのかそろそろ教えてほしいのです」

今まで、全員があえて避けていた話題を、容赦なくノーラがつつく。

そう、海岸には全長二百メートルのダイアズマーが、圧倒的な存在感を持って鎮座していた。

さすがに砂浜には立てる場所がなかったので少し後方の土の上に立っているが、それでも全体を視界に入れるのは難しいぐらいには近い場所にいる。

しかも、わざわざ綱を持って立っている上にローリエに遠隔操作させているのだから、どこまでも不穏である。

「あのダイアズマーはね、保険というか、念のために出しておいたんだよ」

「念のため、なのです？」

「ん。師匠と春姉（はるねえ）と真琴姉（まことねえ）でパワーが足りなかったときのための保険」

「てかノーラ、アタシは聞かなくても大体予想ついてたんだけど？」

「わたしも」

ノーラの質問に対する春菜と澪の答えに、ファムとライムがそう突っ込む。

そもそも、宏と春菜が関わる地引網だ。人間が何人束になっても引っ張り上げられないような獲物がかかっていても、何ら不思議はない。

「まあ、網に関しては霊糸とラーちゃんの糸、より合わせて作った綱で作っとるから、神様関係でもかからん限り、破られるっちゅうことはないで」

「師匠、師匠。あの網にかかったら、生半可な神じゃ脱出できない」

「そうか？」

「ん。こっちで何柱かの神と直接顔を合わせてるから分かる。周辺地域に一切被害を出さずに脱出するのは、多分アルフェミナ様以外無理」

恐ろしく物騒なことを言う澪に、それは言いすぎではという空気をまとう宏。

その横で春菜も、多分そこまでではないはず、と言いたそうにしている。

そんな、どう考えてもフラグでしかない会話を打ち切るため、テレスが声をかける。

「これ以上深く掘り下げると危険な香りしかしない会話は置いておくとして、そろそろ網を引いてもいいんじゃないでしょうか？」

「そうだね。宏君、どう？」

「せやなあ……。まあ、いけるやろ」

「じゃあ、始めようか。みんな～、位置について～！」

宏のゴーサインを受け、一番よく声が通る春菜が参加者全員に指示を飛ばす。

その指示を受け、各自思い思いの位置で網を握る。

因みに、力の均衡を取るため、基本的に宏と春菜、真琴、澪の四人は分散して配置されており、達也は一人でバランスを崩すほどの筋力はないため、適当なところに参加している。

その後ろでは、いつの間にやら大量に集まっていたオクトガル達がしれっと合体して巨大化、最後尾で全ての綱を握っている。

「それじゃあ、行くよ！　私達の地元の掛け声、オーエスで行くから、それに合わせて引っ張ってね！」

「「「「「「「「おう！」」」」」」」」

「「「「「「「「「「は～い！」」」」」」」」」」

春菜の言葉に、参加者全員が了解の声を上げる。

人数が人数だけに、その声がまるで地響きのように広がった。

その声に負けぬ声量で、春菜が掛け声を上げる。

「オー、エス！　オー、エス！」

「「「「「「「「「「「オー、エス！」」」」」」」」」」」

「「「「「「「「「「「オー、エス！」」」」」」」」」」」

「オー、エス！　オー、エス！」

「「「「「「「「「「「オー、エス！」」」」」」」」」」」

「「「「「「「「「「「オー、エス！」」」」」」」」」」」

「「「「「「「「「「「遺体〜」」」」」」」」」」」

「「「「「「「「「「「遺棄〜」」」」」」」」」」」

「そこのオクトガル達！　いろいろずれて危ないから遊ばない！」

「「「「「「「「「「「は〜い」」」」」」」」」」」

時々オクトガルが茶々を入れながらも、参加者が一丸となって網を引いていく。

そんなこんなで、やたら重たい網を引き続けること数分。ついに網の先端が砂浜に上がる。

「終わりが見えてきたよ、もう一息！　オー、エス！　オー、エス！」

「「「「「「「「「「「オー、エス！」」」」」」」」」」」

「「「「「「「「「「「オー、エス！」」」」」」」」」」」

「ちくわだいみょうじん〜」

「誰だ今の？」

「オクトガルだろ？」

などと言いながら、ラストスパートをかける一同。

一分後、砂浜に異変が訪れる。

「なんだあのデカいのは!?」

「やたら禍々しくねえか!?」

網の隙間から見える、妙にどす黒いタコなのかイカなのかクラゲなのかウミヘビなのか分からない、名状しがたい巨大な何かにおののく漁師達。

見たところすでに力尽きてはいるようだが、それでもこんな近海でこんなものがかかったこと自体が大事件だ。

なお、網が投下された範囲の水深より明らかに巨大なものがかかっている点については、誰もわざわざ突っ込まない。

ダイアズマーが控えている時点で、予測されたことだったからだ。

「まずは全部引き上げちゃおう！」

動揺のあまり一同の動きが止まったところへ、春菜からの指示が飛ぶ。

網が完全に引き上げられたのは、それからさらに一分後のことであった。

「……これ、澪が余計なこと言ったからフラグになっちゃったんじゃないの？」

「……ボクは無実」

「……てか、何やってんですか、レーフィア様……」

名状しがたい何かに絡みつかれていたレーフィアを見て、呆れたようにそう突っ込みを入れる真琴。

もともと無駄に色気過剰で必要以上にエロいことに定評があるレーフィアは、男性にはお見せできないような、それはもうエロい状態になっていた。

「見てのとおり、放置しておくと海を壊滅させる生き物を始末していたのですが……」

「後始末のタイミングで、地引網に巻き込まれたと……」

「はい……。というか、この網はいったい何なんですか……？」

名状しがたい何かを消滅させ、身づくろいしながらキレるという器用な真似をしながら、宏の網について質問してくるレーフィア。

その言葉に、その場にいた全員の視線が宏へと集中する。

「何っちゅうて、破れへんように素材にはこだわったけど、それ以外は特に手ぇ加えてへんただの網やで」

「ただの網で、南極海にいた私達をこんなところまで引き寄せられるわけがないでしょう……」

「それ、どっちかっちゅうたらスキルのせいかもしれんで」

「ああ……」

宏の言い分に、それならありうるかもしれないと渋々納得するレーフィア。

そもそも、コップの水に釣り針を垂らしてウナギが釣れるようなスキルだ。

地引網で空間を超えて絡め取るくらいのことができても、何ら不思議ではないだろう。

余談ながら、フェアクロ世界の北極と南極には、大陸と呼べるほどの大地はない。

その代わり、極点にそこそこ大きな島はある。

「というか、宏殿が地引網をすると聞いたのは、あれの始末をした日から三日後だったはず。引きずり込まれたのは、始末開始から一時間も経っていなかったのですが……」

「そうなん？　今日は、えっとこっちの日付やと何日になるんやっけ？」

ぱっと日付の換算ができず、近くにいた人間に日付を確認する宏。

カレンダー上の一カ月の日数の差で、地球とフェアクロ世界では二月末から十月末までの間は若干日付がずれるのだ。

今日の日付を聞いて、レーフィアががっくりと地面に両手をつく。

「……地引網で過去に干渉するのは、さすがに反則です……」

「いや、やろうと思ってやっとるわけやないから……」

レーフィアのボヤキに、思わず目を逸らしながらそう釈明する宏。

その横では、我関せずとばかりに春菜達が獲物の検分をしていた。

「モービルディックにサーペントにアクアドレイク、クラーケンにケトラード。うん、大体大物は網羅してる感じかな?」

「さすがに、リヴァイアサンとかウロボロスとかはかかってねえなあ」

「宏のやることだし使う網が網だからもしかしてとは思ったけど、さすがに地引網では無理だったみたいねえ」

「ん。かかってたら面白かったのに、ちょっと残念」

普通の漁師からすれば聞き捨てならない獲物を、大したことないという感じでスルー気味にカウントしていく春菜。

その内容に、拍子抜けと言わんばかりに勝手なことを言う達也、真琴、澪。

小魚も含めた全体の分量でいえばリヴァイアサンの半分に届こうかというボリュームに対して、あまりにも緩い反応であろう。

いくらウルスの人口で消費すればもって数日だといっても、さすがに毒されすぎだと言わざるを得ない。

「ざっと見た感じ大丈夫そうだけど、さっきの名状しがたい魔物の影響が残ってたらまずいから、一応浄化しておいたほうがいいかな？」

「浄化ならお任せください！」

「あれ？　エルちゃん？　仕事は？」

「つい先ほど終わりました。それで、浄化が必要そうな予感がしたので、急いでこちらに」

「ああ、なるほど。じゃあ、お願いね」

唐突に現れたエアリスに対し、あっさり仕事を振る春菜。

春菜に振られて、サクッと浄化を終わらせる春菜。

「終わりました」

「ありがとう。さてと、あっちはもうちょっとかかりそうだし、宏君しか取れない類(たぐい)の素材で特に必要そうなものもなさそうだし、さっさと解体済ませちゃおうか」

「ん。ただ、モービルディックは締めるだけにして残しておいたほうがいい」

「了解。じゃあ、事故が怖いクラーケン(タコ)とケトラード(イカ)から終わらせよっか」

浄化も終わって安全になったところで、巨大生物の解体を進めることにする春菜と澪。

達也と真琴は、危険そうな海生モンスターにトドメを刺して回っている。

その横ではジノ達が、

「今のうちに、よさげなものを確保しなきゃな」

「あっ、ウルスムツの上物発見。確保して焼いてこよっと」

「シェイラ、シェイラ。こちらにはジャッカルアンコウがありますよ」

「さすがにジャッカルアンコウは網焼きには向かないから、あとで鍋だな。どっちかっていうと一緒に焼くのはこのターボサザエじゃないか？」

「なあ、ジェクト。サザエ焼くのは当然として、だ。どうせたこ焼きやらされるんだし、あのへんに固まってるタコ回収して仕込んどいたほうがよさそうだけど、どう思う？」

「あ～……」

と、妙に馴染(なじ)んだ感じで、次々と好みの海産物を確保して回っていた。

「ジノ達も慣れたねえ」

「モンスター食材を器用にスルーしてるところが、ものすごく小賢(こざか)しいの」

「昔はあっちの新人達みたいに、何かあるたびに放心するか絶叫するかしてたのにねえ……」

「そのうちあっちのひよっこ達も、ジノ達みたいに中途半端に適応するのです」

「というか、こういうときにチャレンジしないジノ君達は、あとできっちりしどうが必要だと思うの」

そんなジノ達を冷めた目で見ながら、一般人では調理が難しい食材を回収し、振る舞い用に下ごしらえをしていくファム達古参組。

ライムの厳しい言葉が聞こえたのか、四人揃ってびくっとするジノ達。

なお、ライムがロックオンした時点で、今更モンスター食材に手を出したところで手遅れなのは言うまでもない。

そんなこんなで、昨日アズマ工房の洗礼を受けたばかりの新人達は、今日の地引網で別の意味での洗礼を受けて撃沈することになるのであった。

第74話　おばーちゃん？

「ねえ、春菜、深雪。ちょっと来てくれる？」

そろそろ全国的に文化祭や学園祭が行われる時期に差しかかったある日のこと。

珍しく早い時間に家に帰ってきた雪菜が、リビングに二人の娘を呼び出す。

「……この時間にお母さんがいる時点で、なんとなく大事だってことは分かるんだけど、いったいどうしたの？」

「というか、お母さん確か、今週は帰ってこれないはずだったよね？　どんな事情があるのかは分かんないけど、そっちは大丈夫なの？」

何やら察している様子の春菜の質問に合わせ、スケジュール的な観点での疑問をぶつける深雪。

そんな二人の疑問に一つ頷くと、雪菜はいつになく真剣な、というより深刻な表情で話を続ける。

「スケジュールに関しては大丈夫。向こうも私のことをよく知ってるから、すぐにチケットの払い戻しと代わりの公演の手配をしてくれてるから」

「そこまでするってことは、本当によっぽどなんだね」

「うん。日程まではなんとも言えないけど、二人にも明日から学校を休んでもらうことになると思う」

「……ってことは、もしかして？」

「うん。曾お爺ちゃんが倒れたの」

雪菜の言葉に、思わず息をのむ春菜と深雪。

すでに百歳を超えている曾祖父の場合、いつお迎えが来てもおかしくはない。

夏休みに顔を出したときはまだまだ元気、というか正直殺しても死にそうになかったので、油断していた部分はあった。

「……でも、私や深雪には連絡来てなかったけど……」

「向こうもちょっとバタバタしてるみたいでね、私のところに連絡が入ってきたのも家に着く直前ぐらいだったんだ」

「そっか。それだったらしょうがないね」

「うん。正直、今日の仕事が潮見市内でよかったよ。そうじゃなかったら、帰ってくるのにすごく時間かかってたし」

メッセージを見せながらの雪菜の言葉に、そういうことならと納得する春菜。

深雪はすでに、学校をはじめとした関係各所に連絡を始めている。

連絡が来る前に雪菜が行動を起こしていたことについては、春菜達もそういうものだと気にしていない。

身内に天音のような存在がいるうえに、ちょくちょくというには少ない頻度だが昔から雪菜はこうだったので、すでにおかしいと思う段階など過ぎている。

むしろ春菜が時空系の女神になったと説明したときも、雪菜が昔からこうだったので血縁関係者は誰も驚きもしなかったのだ。

なお、雪菜がデビューしてちょっとしたくらいの頃、このあたりの言動が原因で予知能力者なのではないかと騒ぎになったことがあった。

が、頻度がそれほどでもなく、また自身に関係があることに対してしかこういう言動をしないので、時々こういうことに勘が鋭くなるタイプということで落ち着いている。

「曾お爺ちゃん、大丈夫かな……？」

「緊急入院はしたけど、治療はうまくいったらしくて、峠は越して容体は安定してるって。だから、すぐに亡くなりそうっていう状況ではないみたい。ただ、年が年だし、いつ何があってもおかしくないからね」

「そうだね……」

宏達に連絡を飛ばし、ついでに学生課に公休の手続きを行うためのメールを送りながら、心底心配そうに曾祖父を案ずる春菜。

身内の心配をしながらも、取り乱したりせず並行してドライな各種手続きを淡々と行うあたり、藤堂家はかなり女傑揃いといえよう。

「春菜、夕食の用意とかしてる？」

「まだだよ」

「だったら、今からロンドン行きの航空券を押さえるから、夕食は空港で食べよう」

「うん。じゃあ、肉類を冷凍庫に移してくるよ」

「了解」

少しでも早く曾祖父の住むイギリスへと向かうため、不安な内心を抑えつつ出発前の処理を済ませていく春菜。今回に関しては、天音はともかく雪菜達まで特別扱いしてゲートで移動、というわけにもいかない。

ひと昔と比べ地球はとても狭くなったとはいえ、残念ながらそれでもまだまだイギリスは遠い。

正直、焦ろうが慌てようが正規の手段ではどうやったところで数時間かかる。

因みに、春菜達の住む日本の場合、ＡＩ技術の発達とマイナンバーの定着により、犯罪歴がなくパスポートさえ持っていれば、条件によっては即日どころか数分でビザが発行される。

あくまでイギリスやアメリカ、ＥＵ諸国のような日本と行き来が多く友好関係にあり、かつオンライン化が大きく進んでいる国に限っての話であり、また、日本が何十年にもわたって積み重ねた信用のうえで成り立っているシステムではあるが、こういう面でも地球が狭くなったのは間違いない。

「なんかバタバタしてるわねえ」

春菜がせっせと食料を処理していると、どうやら飲み物を取りに来たらしい真琴がキッチンに顔を出す。

「ああ、真琴さん。曾お爺ちゃんが倒れたらしくて、急いでイギリスに行かなきゃいけないんだ」

「そりゃまた大変ね。となると、しばらくあたしといつきさんしかいなくなるわけか」

「うん。いつきさんは食事からエネルギー取れるっていってもサブシステムだし、真琴さんも一週間ぐらいじゃこんなに食べないでしょ？」

「そうね。というか、そうなると食材の使い勝手の問題で、普通に外食で済ませることになるでしょうしね」

春菜の作業を手伝いながら、現状について確認を取る真琴。

いつの世も、こういう状況で一番困るのは残される食料や留守を守る人間の食事関係の処置であろう。

食料品の処理を終え、真琴も交えて他に必要なことの確認や手配を終えたところで、深雪が雪菜に確認を取る。

「ねえ、お母さん。今から行くのは、わたし達三人だけ？」

「うん。さすがにスバルは予定の都合がつかなかったんだよね。だから、どうしても抜けられない仕事が終わったら、向こうで合流」

「分かった」

雪菜の説明で、父の不在に納得する深雪。

スバルの場合、嫁の祖父とはいえ血縁関係もなく、住んでいる場所がイギリスと日本なので縁も遠い。

亡くなったというのであればともかく、入院はしたが峠は越えて容態が安定しているとなると、代えがきかない立場なのもあって、即座に抜けるというのは難しいようだ。

なお、今回の場合は雪菜の母方の祖父（春菜と深雪から見れば曾祖父）なので、従姉(いとこ)である天音や美優(みゆ)も状況は同じだ。

ゆえに、美優の夫でスバルと同じバンドに所属している亮平(りょうへい)も同じ理由で、後日現地で合流となる。

「いつきさん、着替えとかパスポートとかの準備よろしく」

「すでに終わらせてあります」

「さすが」

「お母さん、冷蔵庫の始末は終わったよ」

「わたしも、宿題とか持っていかなきゃいけないものは全部揃えた」

「じゃあ、行こっか」

「「うん」」

異様な速度で支度を終え、出発準備が整う。

「じゃあ、行ってくるね、真琴さん。申しわけないんだけど、ご飯は適当に済ませておいてね」

「分かってるって。留守番はちゃんとやっとくから、こっちは気にしなくていいわよ。気をつけて行ってきなさい」

慌ただしく出ていくことに対して本当に申しわけなさそうにする春菜に対し、あえて軽い調子で送り出す真琴。

二時間半後。藤堂家の女性陣は、潮見国際空港からロンドンへ向かって飛び立つのであった。

☆

「そろそろ、春菜さんら着いた頃かな？」

「ん、多分。恐らく、もう入国審査も終わって曾お爺ちゃんのところに到着してるはず」

翌日の朝、春菜の畑。

いつものように作物の収穫をしながら、宏と澪は春菜の状況について話していた。

「しかし、春菜さんの曾お爺ちゃんって、もう百歳超えてるんやろ?」

「ん。そう聞いてる」

「峠は越えたっちゅう話やし、教授も向こう行くからもしかしたら元気になるかもしれんけど、さすがに年齢的に厳しいかなあ……」

「普通は百歳超えてこういう種類の入院したら、退院どころか意識が戻っただけでも下手すると奇跡」

「せやわなあ……」

澪の身も蓋もないきつい指摘に、渋い顔で同意する宏。

ここ三十年ほどでいろんな病気を克服してきた人類だが、残念ながら老いによる体力や身体能力の低下に関しては、いまだに克服する糸口を断片的にしかつかめていない状態だ。

必然的に、年を取ってからかかる病気については、体力の問題でどうしても治療できないものがちょくちょく出てくる。

そもそも老いを克服することが本当に幸せなのか、という議論が各方面でいつも起こることもあり、このあたりの終末期の状況はあと半世紀くらいは変わらないのだろう。

「にしても、僕らまで呼ばれるかもしれん、っちゅうんはさすがにちょっと勘弁してほしいんやけど……」

「ん。師匠はともかく、ボクまでパスポートいるかもっていうのはちょっと……」

「理由はまあ、分からんでもないんやけどなあ……」

宏のぼやきに、いつもの無表情で頷く澪。

無表情ではあるが、見るものが見れば心底やめてほしいと思っているのが分かる。

宏と澪の反応は普通に考えれば不謹慎で失礼なものではあるが、そもそも地球を約半周する必要がある地域に住んでいる初対面の年齢差が五倍以上ある老人に会いに来いと言われても、できたら避けたいと思うのは当然であろう。

しかも澪の場合、もし今から呼ばれれば、これが初めての海外旅行となる。

澪の性格的に、初の海外旅行という時点で腰が引けるのは仕方がない。

もっとも、仮にこれが初めての海外旅行でなくても、目的が春菜の曾祖父母に将来の旦那候補およびその愛人候補として紹介してもらう、などという内容では、行きたくないと思っても責められないところではあろうが。

「ねえ、師匠。どうにかして冬華を見せてあげる、ぐらいで何とかならない？」

「冬華が何者やねん、っちゅう話になると、どないしても春菜さんだけでは説明が足らんし、そもそも冬華本人がエルとかアルチェムにも言及しおるやろうからなあ……」

「その流れで、ボクだけ安全圏は許されない？」

「少なくとも、春菜さんは普通に紹介しよるやろうし、ローリエが『そういうずるを教えるのは冬華の教育に悪い』とか言いそうな気もするしなあ……」

「むう……」

宏の反論しづらい指摘に、思わずうなってしまう澪。

特にローリエの言いそうなことは正論もいいところなので、何を言ってもどうしても説得力に欠ける。

その澪の反応に思わず苦笑しそうになり、だが実際に呼ばれたときのことが頭をよぎって、苦笑が苦い顔に化ける宏。

正直な話をするなら、宏も澪を紹介するのは避けられるなら避けたいというのが本音である。澪自身がどうというよりは、その立ち位置と実年齢、さらには胸以外の見た目の幼さという三段コンボが厳しく、どうしても他人に経緯とか立ち位置を説明することを忌避したくなるのである。

「まあ、峠越したっちゅうてもそこまで体力に余裕がある状態かは分からんし、あんまりそういう体によろしくない話せんでもええように、っちゅう方向に進む可能性もなくはないけど、それ期待するんは人の不幸を期待しとるようでなあ……」

「ん。仮にそういう理由で現状の説明免れても、それはそれで嬉しくない……」

そう言ってから、同時にため息をつく宏と澪。

この件ではどうにも己の浅ましさが目について、とにかくへこまざるを得ない。

経緯を考えれば別に誰が悪いわけでもなく、また別段神々の世界では珍しくもない話だとはいえ、現代の先進国で一般的となっている一夫一妻制の価値観では決して褒められたものではない、どころか普通は叩かれてしかるべき状況なのも間違いない。

それを自覚しているだけに、春菜の曾祖父がどういう反応をするのかが怖いのだ。

「雪菜さんからも春菜さんからも話聞いたことあらへんから、どんな人なんかが分からんのがつらいとこやな」

「普通、一緒に暮らしてる家族以外の話って、あんまりしない」

「せやわなあ」

「実はボク、詩織姉のご両親とかのこと、全然知らない」

「いくら会う機会多いっちゅうても、親戚の嫁なんざそんなもんやわなあ」

澪が白状した内容に、それはそうだろうと同意する宏。

これがせめて兄弟の配偶者であるか、澪がもっと大人であったら話は変わってくるが、澪の年では親戚の旦那や嫁の実家など、縁がないのが普通だ。

特に親戚の配偶者の実家に関しては、大人でも冠婚葬祭で顔を合わせることがあるかもしれない、程度である。

達也と詩織が結婚式を挙げた時点ではまだ治療の目途も立っていなかったことも考えれば、澪が詩織の実家について何も知らないのは何ら不思議なことではない。

「そういえば、いい機会だから知りたいんだけど、師匠のお爺ちゃんとお婆ちゃんは？」

「みんな、こっち来る前に亡くなっとってな。爺ちゃんなんか、どっちも僕が生まれる前に亡くなっとるし」

「なるほど。ってことは、曾お爺ちゃんとかも？」

「せやな。一応従兄は東京で就職しとるらしいけど、僕が中学上がったぐらいからおとんとおじさんが折り合い悪なっとるから、引っ越しの影響もあってほとんど縁は切れとるな」

「そっか。それって、おじさんとおばさん、どっちの兄弟？」

「おとんのお兄さんやな。子供の前ではそういうとこ見せんようにしとったみたいやけど、裏ではいろいろあったみたいやで。周りの人の話聞く感じ、どっちかっちゅうとおじさんのほうに問題あったらしいんやけど、ほんまのところは何も知らん」

「なるほど」

宏の説明に、そういうものかと納得する澪。

裏で何があったかは気になるものの、これから学校だというこの時間に、わざわざ掘り下げて聞くような話ではないだろう。

それにそもそも、理由はどうであれ親戚同士で仲が悪いというのは、別に珍しい話でもない。

「澪は親戚ようさん居(お)るみたいやけど、どんな感じなん?」

「ん。お父さんとお母さん、どっちも大家族の出身だから、実は従兄妹(いとこ)はいっぱいいる。因みに、ボクは年齢的に下から三番目」

「ほほう? っちゅうか、澪より下もおるんや」

「ん。でも、実は去年初めて会った」

「っちゅうことは、その子らは遠方の人なん?」

「ん。山形でサクランボとラフランスの農家やってる。ただ、おばさんがどういう経緯で何を思って嫁いだのかまでは知らない」

果樹農家、それもサクランボとラフランスと聞いて、一瞬宏の目がキュピーンと光る。

それを見た澪が、サクッと釘(くぎ)を刺す。

「師匠、さすがに潮見の外にまで影響を及ぼすのはよくない」

「っちゅうても、澪の縁っちゅうんが判明した時点で、普通に終わりやない？」

「かもしれないけど、師匠や春姉が直接手を出すよりはるかにマシ」

「まあ、せやなあ」

おば一家を守ろうと必死の澪の言葉に、そりゃそうだということでとりあえず矛を収める宏。

とはいえ、どちらも微妙に伝手があるようでない果物なので、せめて物々交換のルートは欲しいところである。

「で、澪。そのおばさんのところと、物々交換は可能そうか？」

「師匠、自重。来年からうちにも送ってくれるそうだから、それのおすそ分けで我慢」

「しゃあないな。春菜さんが我慢してくれる間は、それで手ぇ打つわ」

「……師匠、さらっときつい仕事振ってきた？」

「何のことやら？」

フルーツを前に春菜に待てをさせるというハードなミッションを、しれっと澪に押しつける宏。

その鬼畜なやり口に、思わず戦慄する澪。

そんな馬鹿話のおかげか、春菜の曾祖父に関する重苦しい空気は、見事に雲散霧消するのであった。

☆

（……む？）

宏達が畑仕事をしているのと同時刻。イギリスはエディンバラにある大病院。

春菜の曾祖父、小川彰蔵（おがわしょうぞう）がうっすらと意識を取り戻すと、己を複数の人間が取り囲んでいることに気がついた。

（……何があった？）

自身が寝かされていることや、いくつか管のようなものが体につながれていることに気がつき、ぼんやりとした意識でうつらうつらしながら前後関係を思い出そうとする。

この頃とんと物覚えが悪くなったこともあり、思い出したエピソードの時系列がいまいち判然としないが、現在の状況から、自分が何らかのきっかけで倒れ病院に担ぎ込まれたということだけは間違いないだろう。

よくもまあ、お迎えが来なかったものだと思わなくもないが、このままうとうとし続ければ、そのままあの世へ直行しそうな気がしなくもない。

この年になってしまうともはや死ぬことは怖くないのだが、心残りがないわけではないし、許されるならできる限りの後始末はしたい。

その執念すら感じさせる義務感で、どうにか彰蔵は目を覚ました。

「……お爺ちゃん!?」

「……雪菜、か……。……儂（わし）はどういう状況で倒れた？」

普段ほどの力強さこそないものの、思ったよりはっきりと声が出て、一息で最後まで言葉を発することができた。

そのことと人工呼吸器をつけていないことに驚きつつも、最初に目に入った雪菜に現状を質問する。

「私も、散歩の途中で休憩したときに、ベンチから立ち上がろうとして立ち眩(くら)み起こして倒れた、としか聞いてないの。状況に関しては、詳しい話はお婆ちゃんがしてくれると思う」

「……そうか。わざわざ、日本から来たのか？」

「当然でしょ？　天音姉さんも美優姉さんも、ついでに言えばお爺ちゃんの曾孫(ひまご)達も皆来てるよ。もちろん、母さん達も」

彰蔵の問いかけに、何言ってんだかという表情を隠そうともせずにはっきりそう言い切る雪菜。

その言葉に、どう返事をすればいいものかと迷う彰蔵。

孫も曾孫も全員来てくれた、というのは正直に言って嬉しい。

が、孫は全員、日本で所帯を持っているし、皆それぞれに重要なポジションを背負い忙しく働いている。逆に五人いる曾孫は、一番上の春菜ですらまだ大学生。

日本とイギリスでは、行き来するのにいまだに移動と出入国の手続きや審査だけでもほぼ一日がかりとなる。

自分の葬儀ならともかく、単に倒れたというだけでわざわざイギリスまで来ていては、負担が大きすぎる。

「……どうやら、世話をかけてしまったようじゃな……」

「そんなこと、気にしないで。ただ、いろいろと言いづらいことがあるんだけど……」

雪菜に代わって彰蔵に話しかけた天音が、非常に困ったというか、悲しそうな表情でそう告げる。

そんな孫の表情に、仕方がないとばかりに一つ頷く彰蔵。

ているのだ。今話ができているのは人生のロスタイムである。そんなことくらい、誰に言われなくても自覚し

「……さすがにこの年じゃからな。もう退院できないだろうということは分かっておる。それで、どれぐらいもつ？」

「なんとも言えないの。お爺ちゃんの体はどこが悪いってことではなくて、全体的に大きな病気にならないギリギリ、っていう感じで弱ってるから……」

「ちょっとでもバランスが崩れればそのままぽっくり、ということか……」

「……うん」

身も蓋もないことをあっさり言う彰蔵に、頷きつつも歯切れ悪くそう返事する天音。

さすがに身内相手にこういう話をするのは、天音としてもやりづらいのだろう。

「本当のことを言うと、やろうと思えば寿命を延ばして健康体にする、ということもできるんだけど……」

「儂がそれを望まんことぐらいは、天音が一番よく分かっておろう？」

「……うん」

「だったら、このまま成り行きに任せて、あまり派手に延命治療などせずに逝かせてほしい」

「……うん」

彰蔵の言葉に、泣き笑いのような表情で頷く天音。

医師としての義務感にくわえ、孫として少しでも長生きしてほしいという望みを持って念のために確認したが、彰蔵が延命を望まないことは最初から分かっていた。

今後自分の子供と春菜以外、血縁のある身内はどんどん天音を置いて死んでいく。いわばこれは、その予行演習である。

むしろ、彰蔵に関しては年齢的に順当なのだから、これくらい受け止めきれねば先が思いやられるというものであろう。

「それでお爺ちゃん。何か、今のうちにやっておきたいこととか、ある？」

「最低限、遺産関係と誰を葬式に呼ぶかぐらいは、頭がまともに動くうちに決めておかねばなるまい」

「いや、そういうことじゃなくて……」

「分かっておる。分かっておるが、正直他の心残りなど、もしかしたらと思っていた玄孫が見られんことが確定したぐらいじゃ。これればかりは、どうにもなるまいて」

彰蔵の言葉に、冬華のことを知っている天音と美優、雪菜の視線が春菜に集中する。

その様子に何かを察した彰蔵が、怪訝な表情を浮かべつつ孫達に質問する。

「のう、天音。儂の記憶が正しければ、春菜は夏の時点ではまだ惚れた男を口説き落とせていなかったと聞いていた気がするが、口説く前に襲って孕みでもしたのか？」

「えっと、そういうわけじゃないんだけど、お爺ちゃんは私の事情を知ってるよね？」

「ああ。儂のような俗物には見ても分からんが、人の世の理から外れたのだろう？　春菜もそうなのか？」

「うん。その絡みで、いろいろややこしい話があるみたいで……」

「なるほどなあ」

天音の煮え切らない説明に、孫に続いて曾孫にも人間からそれ以外の存在になったのが出てきたかあ、などと遠い目をしながら納得してみせる彰蔵。

彼自身は年齢的にまだまだそういう話が真剣に信じられた時代の人間であり、身近に本物の拝み屋がいた関係もあって、そういった超常の出来事や存在については肯定的ではあるが、さすがに身内からそういう存在がポコポコ出てくると、いろいろと思うところはあるものだ。

「詳しいことは本人が説明したほうがいいかな？」

「じゃろうなあ……」

天音にそう言われ、春菜に視線を向ける彰蔵。

彰蔵に見られて、ため息をつきながらどう説明するか頭の中で整理する春菜。

目覚めたばかりでこんなに元気なのは嬉しいが、正直説明するのは気が重い。

「えっと……。曾お爺ちゃんは、ゲームとかは分からないよね……？」

「ボードゲームや交換要素のないカードゲームはどうにかついていけるが、コンピューターというやつが絡むと全然じゃな」

「だよね。えっと、フルダイブ型のバーチャルリアリティー、通称ＶＲシステムっていうのは？」

「そっちは、天音の研究成果を使わせてもらったことがあるから、理屈はともかくどういうものかは分かる。あれはすごい発明じゃったな」

経緯を説明するために、曾祖父がどの程度の知識を持っているかを確認する春菜。

春菜の質問に、何の関係があるのかと思いつつも、正直に自分の分かる範囲で答えていく彰蔵。

幸いにしてＶＲシステムを体験したことがあるため、そのあたりの説明は省略できる、というより、体験しないと分かりづらい説明を一生懸命行う必要がなさそうである。

「えっとね、VRシステムを使ったコンピューターゲームの中にはね、物語の中に入って遊ぶタイプのゲームがいくつかあるんだけど、私はその中でもネット回線を使って多人数でわいわい遊ぶタイプのゲームを遊んでてね」

「ふむ。古典的な物語やSF映画などじゃと、そういった物語の世界に飛ばされる、というのは割と定番ではあるが、そういう感じか?」

「うん。よく分かったね、って、これだけ前振りすれば、曾お爺ちゃんだったら分かるかあ……」

「そりゃまあ、これでも天音の祖父じゃからな。映画などでよくある話は、普通に起こりうるということぐらいよく分かっておるよ」

彰蔵の言い分に、思わず目を逸らす天音。

あまり表沙汰になっていないだけで、天音も春菜達に負けず劣らず結構やらかしているのである。

「でまあ、向こうの世界に飛ばされてからいろいろあったんだけど……」

「口調から察するに、話しづらいことがありそうじゃのう」

「そりゃもう、たくさんあるよ。それに、全部話すとものすごく長くなるし」

「そんなにか?」

「うん、そんなに」

彰蔵に問われ、真顔でそう断言する春菜。

実際、フェアクロ世界での生活は一年半以上におよび、しかも春菜の神化をはじめ、一年半やそこらで起こったとは思えないほど多数のエピソードが濃縮されている。

まともに一から十まで話をしていると、何日かかるか分かったものではない。

「全部聞くだけの寿命が残っておれば、一度最初から最後まで話を聞いてみたくはあるが、なあ」

「さすがに、そこまで長くは……」

笑えない自虐ネタを交える彰蔵に対し、困ったようにそう返す春菜。

現在の様子を見ていると、このまま退院できるのではないかと錯覚しそうになるが、実際には意識を失っているときの治療が効いて一時的に元気になっているにすぎない。

今の彰蔵はまともに話をするために、寝たきりならば生きられたであろう時間を削っているのだ。

「まあ、私の話だけでいつまでも時間取るのも悪いから、かいつまんで説明すると……」

そう言って、冬華とローリエについて簡単に説明する春菜。

それを聞いた彰蔵の反応は当然、

「ふむ。できれば会ってみたいものだが、のう……」

であった。

「……ねえ、天音おばさん。曾お爺ちゃん、神の城への転移に耐えられそうかな？」

「行って帰ってこられるかどうかは、微妙かなあ……」

彰蔵との話を切り上げ、というより他の人に話す時間を譲り、春菜と相談を始める天音。

いくらほとんど肉体的な負担などない神の城への転移といえど、普通に数歩歩くのと変わらない程度の負担はある。

年老いた状態で入院し、もはや明日どころか今すぐ死んでもおかしくないほど弱っている人間を、無事往復させられると確実に言い切れるはずもない。

彰蔵をこの病室から動かすのは、基本的に容体が悪化してICUに担ぎ込むとか、そういった事情になるだろう。

「逆に、冬華ちゃんをこっちに連れてくるのは？」

「私だと神の城から外に出して大丈夫なのか判断がつかないから、どうしようかなって……」

「それを私が調べるのは……、さすがに東君がいないと無理かあ……」

「うん。神の城は、宏君のものだから」

天音の確認に対し、そう告げる春菜。

春菜達が自由に出入りして好き放題使っているから忘れそうになるが、神の城に関してはもともと、宏の持ち物、というより宏の一部である。

普通の人間相手ならともかく、天音のような神の類になる存在相手に対しては、宏が直接面と向かって許可を出さねばならない。

なお、アルフェミナの場合、エアリスを依り代にすれば神の城に入ることができる。

が、その場合は大したことはできず、基本的に中を見ることができるだけである。

「……やっぱり東君を呼ぶしかないかな」

「……そうだね」

冬華に関わる現状を確認し、そう結論を出す天音。

天音の結論に同意する春菜。

こうして、結局宏は願いも空しく、冬華の父親的存在としてイギリスに呼ばれることになるのであった。

☆

「ごめんね、宏君」

「まあ、一応覚悟はしとったからなあ……」

二時間半後。ゲートで綾瀬(あやせ)研究室から彰蔵が入院している病院の一室に移動し、そこで入国審査を済ませた宏を春菜が迎え入れる。

「にしても、ようこんな無茶が通ったなあ……」

「特例もいいところだけど、ね」

ありえない入国審査のやり方に対する宏の感想に、春菜が苦笑しながらそう答える。

ビザに関してはイギリスからの招待という形だったこともあり、春菜達が使ったシステムもあって特例というほどではないのだが、事前通達もなしで入国審査を病院で行うのはかなり無茶である。

しかも、その入国審査も書類を作るために行った形だけのもので、ボディチェックすらまともにしていないいい加減なものだ。

現在イギリスが深夜であることも踏まえれば、よく無茶が通ったと宏が呆(あき)れるのも当然であろう。

天音と一緒に海外の学会に参加しているので、ゲートで海外に来るというのはこれが初めてというわけではない。

だが、そういうときは遅くとも一週間前には現地政府に通達済みで、移動先も現地の日本大使館で入国審査ももっと入念に行われている。

天音ですらそれなのだから、彰蔵のイギリス政府に対する影響力がどれほどのものか察せられよう。

なお、ゲートの移動に関して宏がよくて藤堂一家がダメだった理由は非常に簡単で、宏に関しては彰蔵が望んだからあっさり許可が下りたのだ。

「それで、澪ちゃんはあとからだっけ？」

「らしいで。今、着替え取りに帰っとるらしいし」

「そっか。まあ、急だったしね」

「時間的にホームルームか授業中やったはずやしなあ」

あとから合流する予定の澪について、分かっている範囲で状況を共有する春菜と宏。

呼ばれるかもしれないと前もって聞かされていたのは同じだが、研究室に中身入りの旅行鞄を持ち込める宏と違い澪は中学生だ。残念ながら、呼ばれるかが確定していないのに、学校にそういったものを持ち込むのは厳しい。

「一応、エルとアルチェムにも待機してもろてるけど、出番はありそうなん？」

「澪ちゃんも含めて、なんとも言えないところ。確定なのは、冬華がどう転ぶにしても、宏君は曾お爺ちゃんと会ってもらうことになるってことだけ」

「そこはまあ、覚悟しとるからええわ。それで、どないして冬華を連れ出して大丈夫か判定するん？　ぶっちゃけ、僕も分からんのは一緒やで？」

「あとりさんを神の城に送り込んで天音おばさんが神の城に行って大丈夫か判定。大丈夫そうだったら直接天音おばさんが行って冬華の状態を診察。神の城に入るのが無理そうだったらあとりさんの目を通して診察、だって」

「なるほどな、了解や」

春菜の説明を聞き、すぐに段取りを把握する宏。

あまり時間をかけないよう、さっさと天音のもとへ行く。

タイミングが良かったのか悪かったのか、つい最近世界の状態そのものを観測できるセンサー類の開発とあとりの改造が終わり、外部の神としての影響を与えずに宏の神の城がどういう状態か確認できるようになったのだ。

因みに、このシステム自体は、開発に足掛け十年以上を要しているものだ。

春菜が異世界に飛ばされて女神になった一件で、注ぎ込むリソースをそれまでの十倍以上にして、それでもなお完成が最近になるまでずれ込んだ、天音をもってしても難易度の高い発明である。

「東君、ご苦労様。無理言ってごめんね」

「これぐらいやったら気にせんでください。ほんで、あとりさんの準備はできとります？」

「わたしのほうは、いつでも問題ありませんよ～」

「そうですか。ほな、ゲストパス出しますわ」

「うん。それじゃあ、あとりちゃん。あとはお願いね」

「は～い」

宏からゲストパスをもらい、神の城へと転移するあとり。

あとりの目を通して神の城をざっとチェックした天音が、はっきり断言する。

「封印解かなきゃ、大丈夫だね」

「そうですか。ほな、春菜さんと澪が来たら綾瀬教授と、あと雪菜さんも一緒に行きますか」

「そうだね。実のって言っていいかは微妙だけど、お婆ちゃんを差し置いて、私のほうが先に紹介されるっていうのも気が引けるしね」

宏の提案に、小さく微笑(ほほえ)みながらそう告げる天音。

主に雪菜が忙しすぎる関係で、いまだに藤堂家の皆様と冬華の顔合わせは終わっていないのだ。

本来なら深雪はともかくスバルは一緒に行ったほうがいいのだろうが、彼を待っている時間があるかどうか微妙なので、今回は割り切ることにする。

「じゃあ、雪菜ちゃんに声かけるついでに、ちょっと機材取ってくるね」

「了解です」

天音の言葉に頷き、ローリエに連絡を入れてからその場に待機する宏。

十五分後。

「お待たせ、宏君」

「ごめん、師匠。入国審査でちょっと手間取った……」

春菜が、ようやく到着した澪を伴って宏のもとへとやってくる。

「年齢詐称でも疑われたか？」

「師匠、なんで分かった？」

「マジかい……」

宏が言った適当な理由を、大真面目に肯定する澪。

どうやら、イギリス人には澪が十五歳になったばかりのミドルティーンには見えなかったらしい。

もっとも、いまだに日本人にすら小学生に間違えられることが多い時点で、どの年代でも日本人より平均的に発育がよいイギリス人が、澪を初見で十五歳だと判断できなくてもしょうがないだろう。

「まあ、無事入国できてよかった。っちゅうことで、あとは教授と雪菜さんやな」

宏がそう口にしたところで、何やら大きな鞄を持った天音が、雪菜を伴って戻ってくる。

因みに、あとりは神の城から直接天音の研究室へ送られ、機材の準備を手伝ったあと、彰蔵の医療スタッフが待機している部屋へ戻っている。

「お待たせ」

「ん、大丈夫。ボク達も今来たところ」

「そっか。じゃあ、さっそく移動させてもらっても？」

「了解ですわ」

天音に促され、全員を神の城に移動させる宏。

転移した神の城では、いつものようにローリエが待っていた。

「お待ちしておりました」

「いつもすまんなあ、ローリエ。用件の前に、まず紹介しとくわ。春菜さんのお母さんの雪菜さんと、僕らの地球での後見人で大学での指導教官の綾瀬天音教授や」

「この神の城の管理人をさせていただいております、ローリエと申します」

「藤堂雪菜です」

「綾瀬天音です」

宏に紹介され、互いに挨拶をするローリエと雪菜、天音。

そのやり取りが終わったところで、宏がローリエに本題を切り出す。

「冬華は起きとる？」

「はい。今から連れてきましょうか？」

「いや、どっちかっちゅうと医務室のほうに連れていってほしいねんけど」

「分かりました。そちらの皆様も一緒にお連れしましょうか？」

「頼むわ」

宏のオーダーに軽くお辞儀をして答えると、すぐさま転移を開始するローリエ。

その間、ローリエを興味津々といった体(てい)で観察し続ける天音と雪菜。

「お待たせしました」

「ほい、ありがとさん」

宏の言葉に一つ頭を下げ、冬華を置いて立ち去ろうとするローリエ。

置いていかれそうになった冬華はというと、宏と春菜に甘えに行こうとして、見知らぬ客の存在に気がついてお澄ましししている。

そんな冬華の可愛(かわい)らしさに頬(ほお)を緩めながら、ローリエを呼び止める天音。

「えっと、ローリエさん」

「はい、何でしょうか？」

「ちょうどいい機会だから、ローリエさんも検査しておきたいんだけど、いい？」

「そういうことでしたら」

天音に言われ、素直にこの場に残るローリエ。

女性型のため宏がちゃんとした検査をできないこともあり、ローリエの正確な現状は誰も知らない。

医師としては天音のほうが知識も技量も上なのだから、この機会にちゃんと調べてもらっておくべきだという点は、ローリエ本人にも異存はない。

天音とローリエがそんなやり取りをしている横で、目が合った雪菜と冬華が自己紹介を始めていた。

「おはよーございます！　東冬華エアルーシアです！」

「初めまして。私は藤堂雪菜。春菜ママのお母さんだから、冬華のお婆ちゃんだね」

「おばーちゃん？」

「うん。お婆ちゃん」

雪菜を見て、不思議そうに首をかしげる冬華。

宏の母・美紗緒(みさお)は年相応の外見をしていたが、雪菜はどうがんばっても達也と同年代が限界で、下手をすると春菜と同じくらいに見えるほど若い。

その見た目でお婆ちゃんと言われても、納得できないのは当然であろう。

「ねえねえ、宏君、春菜。なんだか孫に疑われてるよ……」

「そら、しゃあないんちゃいます？　教授とか小川社長もそうやけど、どうがんばってもアラサーに見えればええとこですやん」

「私と姉妹って嘘(うそ)ついて、どっちがお姉さん？　って聞かれちゃう時点でねえ……」

冬華の反応にショックを受けたふりをして宏と春菜に泣きつき、ばっさり切り捨てられる雪菜。

そのやり取りに、澪が追い打ちをかける。

「雪菜さんの場合、そのノリの軽さも年相応に見えない原因だと思う」

「あうち……！」

澪のきつい一言に、胸を押さえてのけぞる雪菜。

澪の言葉ではないが、こういうことをやっているから祖母だという言葉に説得力がないのだ。

「これでも最近、結構無視できないガタが出てきて、年を痛感するようになってきてるのに……！」

「はいはい、雪菜ちゃん。そういう無駄に生々しい話はあとでね」

「はーい」

天音に窘められ、いったん大人しくする雪菜。

初対面の孫とのコミュニケーションは重要だが、今はあまり遊んでいるわけにもいかない。

「それで冬華ちゃん。私は綾瀬天音っていって、お医者さんなんだ。今日は、冬華ちゃんがこのお城から外に出られるかどうか検査しに来たんだよ」

「お医者さん!?」

「うん。といっても、今日は注射とかそういう痛いことはしないから、安心してね」

医者と聞いて身構えた冬華が、痛いことはしないという言葉に安心して力を抜く。

実際、まだ認可が下りていないだけで、採血せずにありとあらゆる血液検査をする手段自体はすでに天音が実用化している。

さすがに予防接種などはものによっては注射が必要だが、今回に関しては宏の権能で菌やウイルスをブロックしても問題ないので、やはり注射も点滴も必要ない。

「じゃあ、早く検査を済ませちゃおう」

「は～い」

「お願いします」

あまりうだうだやっていても仕方がないと、さっさと検査に移る天音達。

十分後、出た検査結果を手に、天音が難しい顔をしていた。

「ローリエさんは問題ないかな。成長がゆっくりなタイプの長命種として体が完成、安定してる感じだから。問題は冬華ちゃん、なんだよね……」

「やっぱり。外に出すのは難しい感じ？」

「出すだけなら問題ないんだけど、曾曾(ひいひい)お爺ちゃんと会うっていうイベントと、恐らくその曾曾お爺ちゃんがそんなに長くは生きられない、っていうことが、どう影響するか判断できないんだよ」

「ああ……」

「正直に言うと、ローリエさんにしても冬華ちゃんにしても、権能もまともに意識していない状態で、よくここまで完成度の高い体を作り出せたって感心するレベルなんだけど……」

「だよね……」

天音が口にした問題に、やっぱりそうかと難しい顔で頷く春菜。

そこに、宏と雪菜、澪も疑問を口に出す。

「外に出る、っちゅうんも、今回はイギリスやから日本に合わせとることはかなり時差があるし、それもどない影響するかが読めんところがあるんですよね」

「そうだね。それに、今回はお爺ちゃん以外にも初対面の血縁がいっぱいいるし、そっちもちょっと気になるよね」

「あと、神様方面の関係者じゃない人に、冬華のことをどう説明するのかも問題」

出てきたそれらの疑問について、本気で悩み始める天音。

そこに、ローリエが口を挟んでくる。

「私としては、トウカを外に出すことには賛成です」

「一番身近なローリエさんの意見だから尊重したいんだけど、明確な理由はあるの？」

「はい。といっても単純な話で、今回を逃すと、トウカが血縁と呼んで差し支えのない人の死に立ち会う機会は何十年も先になるまでないのではないか、と思っただけですが」

「……確かに、そうかもね」

ローリエの意見に、少し考えこんで納得する天音。

そもそも、この城の環境に身を置き続ける限り、人の死に触れる機会自体がまずない。

こんな幼い時期にわざわざ触れる必要があるかどうかは意見の分かれるところだが、今回を逃すと血縁に関係なく、当分は人の死に関わる機会は訪れないのは間違いない。

「……うん。曾お爺ちゃんの望みでもあるし、覚悟を決めて連れ出そう」

ローリエの言葉を聞いて、春菜がそう結論を出す。

「せやな。いつになるかだけで、冬華の今後を考えたらいずれは外に連れていかなあかん。多分それが今なんやろう」

春菜の結論に宏が賛成した時点で、この場にいる誰も反対しなくなる。

「とりあえず師匠、春姉。戻るんだったらエルとアルチェムも連れていったほうがいい」

「せやな」

「天音おばさん、入国審査とかその関係はどうしよう？」

「こういうときのために、超法規的措置でどうにかなるよう調整してあるから大丈夫」

澪の提案を受けての春菜の確認に、天音があっさり問題ないと告げる。

超法規的措置と聞くと大仰な感じだが、単に密入国を黙認してもらっているだけである。

少人数で天音の監督下にあり、綾羽乃宮（あやはのみや）や皇室関係の神々などがバックについていて、常時地球にいるわけではない、というより地球にいる時間のほうが圧倒的に短いことから、どこの国にとっても黙認するほうが面倒がないという理由で許されているのが実情だ。

「話が決まったんだったら早く戻ろう。お爺ちゃんの容体が急変してたらまずいし」

「そうだね。エルちゃんとアルチェムさんに、一度こっちに来てもらうよ」

相談されたわけでもないのに娘の子育てに口を挟んでもしょうがない、と静観を決め込んでいた雪菜が、話がまとまったとみてそう急（せ）かす。

それを受けて、春菜がエアリスとアルチェムを呼ぶ。

「ほな冬華。みんなでお外行くけど、目的が曾曾お爺ちゃんのお見舞いやから、あんまりはしゃいだり騒いだりしたらあかんで」

「うん！」

春菜がエアリスとアルチェムを呼んでいる間に、冬華にそう言い含める宏。

こうして、冬華のお爺ちゃんであるスバルのことについて一切話さぬまま、彰蔵の見舞いに行くことになる宏達であった。

第75話　ひいひいおじいちゃん、お空に昇っていったけど、帰ってくるよね？

「……その娘が？」

「うん。私達の娘の冬華。冬華、ご挨拶して」

「はーい。はじめまして、東冬華エアルーシアです」

春菜に促され、自分の母親達だけでなく天音や雪菜にも見守られつつ、緊張しながら自己紹介する冬華。

その愛らしい姿に、相好を崩す彰蔵。

目が覚めてから約一時間後。自身が倒れたことに関する様々な処理が一段落した彰蔵は、ようやく待ちに待った玄孫との対面を果たしていた。

「冬華は今、いくつだ？」

「ふぇっ!?　えっ、えーっと……」

聞かれて当然の質問に、半ばパニックになる冬華。

その特殊な生まれから、冬華の実年齢は見た目や精神年齢と大きなズレがある。

また、精神年齢にしても実年齢よりは確実に上ではあるが、環境が特殊なだけにどうしてもいびつな成長の仕方をしてしまっている。

これらのことを冬華自身が自覚しているため、どう答えていいか分からなくなったのだ。

「ごめんね、曾お爺ちゃん。冬華の年はちょっとややこしいことになってて答えづらいんだ」

「そうなのか?」

「うん。実年齢で言うと多分三歳になるんだけど、ね。生まれたときから今とそんなに変わらない感じだったし、私達が見てないところで冬華になっちゃったから、正確なことが分からなくて……」

「……まあ、伝承を踏まえると、天上の神々だとそういうこともあるようだしのう……」

パニックで涙目になる冬華を見かねて、そう助け舟を出す春菜。

そんな春菜の妙な説明に、なぜか納得する彰蔵。

外交官という仕事柄と個人的な趣味の関係上、彰蔵は世界各地の神話や伝承、宗教などにかなり詳しい。

それらの中には、天上界では微笑むだけで子供が生まれ、生まれたときから六歳くらいの年齢であるという伝承もあるので、冬華がそういう存在だったとしてもおかしなことではないという認識があるようだ。

「しかし、そうなると冬華はどんな暮らしをしているのか、あと、そちらで控えている女性達とどういう関係なのか、少しばかり気になるのう」

「えっとね。あっちにいるのはわたしのママなの。エアリスママと、アルチェムママだよ」

「……衝撃的なことを聞いたような気がするが、天上界というのはそういうものなのだろう。冬華の暮らしぶりの前に、そのママ達について紹介してもらったほうがよさそうじゃな。春菜、全員紹介してもらっていいか？」

「ああ、うん。まあ、そうなるよね」

彰蔵に言われて素直に頷き、宏達に目配せする春菜。

その会話が聞こえていた宏達が、春菜の目配せを受けて近くまで歩み寄る。

「まず、こちらの男の子が東宏君。冬華の父親で私の好きな人。残念ながら、いろいろ事情があってまだ恋人付き合いもさせてもらってないんだけど……」

「東宏です。春菜さんには、いつもものすごいお世話になっとります」

「ふむ。君が東君か。天音や春菜からいろいろ聞かせてもらっているよ。そう身構えなくてもよろしい」

春菜に紹介されて、無難に挨拶を済ませる宏。

宏の挨拶と周囲の人間の態度から、何やら察して納得する彰蔵。

言うまでもないことかもしれないが、彰蔵は宏について、過去の事件も含めたおおよその経歴は知っている。

知らなかったことは冬華についてと、神になってしまったということだけだ。

その程度には事前知識を持っていたため、あれだけの事件に巻き込まれても春菜と友人付き合いできているということに興味があったのだが、本人を実際に見るといろいろと察して納得するところがあるようだ。

「もう少し話したいこと、言いたいことがあるが、先に君の嫁候補を紹介してもらってからのほうがよさそうじゃ」

「あの、事実やから反論できませんけど、そういうこと言われると自分がものすごい屑(くず)な男みたいで……」

「別に、そんなつもりで言ったわけではないのだが……」

どんよりした態度を見せる宏に苦笑しながら、宏の隣に立っているエアリスに目を向ける彰蔵。

彰蔵に見られたことで、次は自分の番だと心得て、一歩前に出てカーテシーを行うエアリス。

「ハルナ様とともにトウカの母親とヒロシ様の婚約者候補をさせていただいております、エアリスと申します」

「別の世界にあるファーレーンっていう国の王女様で、私達はエルちゃんって呼んでるんだ」

「こんな姿で失礼します。かつて日本の大使としてこの国に赴任してきました、小川(おがわ)彰蔵と申します」

「王女といえど継承権があるわけではありませんし、そもそもこちらではファーレーンなどという国は全く影響力がありませんので、そんなにかしこまらないでください」

王女という肩書と気品あふれる態度に見事なカーテシー。その組み合わせに、自然と初めて女王陛下に拝謁(はいえつ)したときのようにかしこまってしまう彰蔵。

その彰蔵の態度に、困ったような笑みを浮かべてそう告げるしかないエアリス。

そのままだと押し問答が続きそうだと判断した春菜が、さりげなくアルチェムを前に押し出す。

春菜に押し出されたアルチェムが、心得たとばかりに彰蔵の前に歩いていく。

なお、現在アルチェムは偽装を解いているため、特徴的なエルフの耳がそのまま彰蔵の目に晒(さら)されている。

「お初にお目にかかります。アルチェムと申します。ハルナさんやエアリス様とともに、トウカの母親とヒロシさんの婚約者候補をさせていただいています」

「……長生きはするものだ。子や孫に語ったおとぎ話、その妖精郷に連なる種族の方に出会えるとは……」

アルチェムの挨拶を受け、何やら感じ入ったようにそう漏らす彰蔵。

彰蔵は駐在大使としてこちらに就任後、基本的な教養としてヨーロッパを中心に世界各地の神話や伝承やおとぎ話を学び、そういった幻想の世界にどんどん魅了されていった。

家庭用ゲーム機が一般に出回り始めた頃にはすでに五十をいくつも過ぎていたこともあり、残念ながらコンピューターゲームにこそ馴染めなかったが、別に毛嫌いをしているわけではない。

もちろん、近年のイギリスを代表するファンタジー作品であるメガネの少年魔法使いの物語は全て読了済み、映画も全作きっちり鑑賞している。

そんな彼が、本来の伝説で語られているものとは全く別種とはいえ、妖精の代表格であるエルフと実際に対面したのだ。感激の一つや二つはして当たり前だろう。

余談ながら、彰蔵がコンピューターゲームになじめなかったのは、当時のコンピューターは起動手順が割と煩雑だったために覚えきれず（何しろ、記録媒体にフロッピーディスクが出回る前に触れている）、家庭用ゲーム機だとＲＰＧはパスワードで、アクションゲームは反射神経的な問題でついていけずに挫折したのである。

理由がそれなので自分で遊ぶこと自体は諦めているが、子供の頃に彰蔵と一緒に暮らしていた雪菜が遊んでいるときは、高確率でそのプレイ画面を横で見ていたりする。

「あの、私はこちらのエルフとは全く違う種族なんですけど……」

「ああ、勝手な感動を押しつけてしまったようで、申しわけない」

何やらとてつもなく感激されていることに対し、居心地悪そうにかつ申しわけなさそうにそう告げるアルチェム。

そのアルチェムの言葉に、我に返って謝罪する彰蔵。

妖精という言葉から受ける印象とそぐわぬ肉感的な体つきをしているアルチェムではあるが、それでも清楚(せいそ)な顔立ちに加えて今日はアランウェンの巫女(みこ)装束を身につけていることで、どことなく現実感のない神秘的な雰囲気を身にまとっている。

憧れはあれどフェアクロ世界のエルフに対する知識などない彰蔵が、思わず幻想を抱いてしまっても仕方がないだろう。

「……ねえ、師匠……」

「……なんや？」

「……アルチェムが悪いわけじゃないんだけど、なんか騙(だま)してるみたいですごい罪悪感……」

「……せやな……」

澪(みお)がポツリと漏らした感想に、思わず全力で同意してしまう宏。

アルチェム単独で見るならば、体形とエロトラブル誘発体質を除けばエルフのイメージからそれほど大きく外れてはいないのだが、彼女の出身地であるオルテム村のことを考えると、彰蔵に対して与えた印象は詐欺も同然であろう。

「それで、そちらの娘さんも、うちの曾孫と一緒に囲い込もうとしているのかね？」

「正確には、ボク達が師匠を囲い込もうとしてる」

そんなことをひそひそとやっていた宏と澪を見とがめた彰蔵が、さすがにそんな子供まで囲い込もうとするのは感心しないという態度で声をかける。

どうやらここが正念場だと判断したのか、その彰蔵の言葉に真正面から澪が反論する。

この時、奥の扉が開いて誰かが入ってきたのだが、そのことに気がついたのは宏と春菜、天音の三人だけであった。

「初めまして。ボクは水橋澪。深雪姉の一個下で中学三年生。冬華に対しては、姉妹と言っていいぐらいには因子が入ってます。こう見えてもエルと同い年です」

「……むしろエアリス殿下がそんなに幼かったのかというほうが驚きではあるが、どちらにしても日本の法では、まだそういう関係になることを認められておらんのは変わらんじゃろう？」

「正確には違う。結婚可能な年齢に達していない未成年が認められていないのは肉体関係を持つことであって、恋愛を禁止されているわけじゃない」

彰蔵の一見窘めているようでそのじつ試している言葉に、形ばかりだった敬語を捨てて真っ向から反論する澪。

その反論に対して一般的な正論を突きつけようと彰蔵が口を開いたところで、畳みかけるように澪が追撃を入れる。

「そもそも、結婚できる年齢になるまで待ってお行儀良く、なんてやり方だと、ボクは師匠に対して何のアプローチもできない。逆に、春姉だけだとこっちでの師匠に対するガードが足りない」

「それとこれとは別問題だと思うがの？　それに、お嬢さんではガードとして足りんのでは？」

「ボクがガードとして必要なのは神様関係で、人間相手じゃない。彰蔵さんは師匠の経歴について知っているはず。春姉のおかげで師匠の症状がかなりマシになってボクにもチャンスはできたけど、あの経歴でボクをちゃんと女性として見てもらおうと思ったら、結婚できる年までアプローチもしないなんて言ってられない」

澪が告げた切実にもほどがある言葉に、いじめすぎたかと追及の手を緩めることにする彰蔵。

謝罪の言葉を口にする前に、頬を膨らませて怒りの表情を浮かべた冬華が彰蔵に食ってかかる。

「みおお姉ちゃんとパパをいじめないで！」

「いや、別に本気でいじめるつもりでは……」

「ひいひいおじいちゃん、嫌い！」

「す、すまん……」

割と本気で怒っている冬華の様子と言葉に、ショックを受けてタジタジになる彰蔵。

その後ろでは、宏達が唖然とした表情を浮かべていた。

「なあ、春菜さん……」

「私も、冬華が怒ってるの初めて見たよ……」

「やんなあ……」

言いたいことを先回りして口にした春菜に宏が同意し、エアリスとアルチェムも無言で頷く。

聞き分けがよく叱られたら素直に謝る性質の冬華は、しょんぼりすることはあっても基本的には機嫌よくニコニコ笑っているところしか見せていない。

忙しくてあまり顔を出さない親失格な宏達を恨む気もない時点で、神の城にいる限りはこれまで怒る理由がなかったというのが実際のところだったのだろう。

このあたりは、常に一緒に暮らしているローリエの教育がよかったとしか言いようがない。

結果として、初対面の彰蔵が玄孫を初めて怒らせた人間になってしまったのは、なかなか皮肉な話であろう。

「本気で思ってるわけでもないことで、無駄に意地悪するからだよ」

あたふたと玄孫の機嫌を取ろうとしている彰蔵に対し、付き添いで控えていた雪菜が思わず冷めた目でそんなことを言ってしまう。

それを聞いた彰蔵が、非常に情けない顔で雪菜を見る。

「そもそもお爺ちゃんもお婆(ばあ)ちゃんも、側室とか妾(めかけ)とか、そういう話にあんまり抵抗ないでしょ？　表立ってはともかく、裏では普通に存在してた時代から生きてるんだし」

「……まあ、そうじゃなあ……」

「だったら、そういう小言はお父さんにでも任せとけばいいじゃない。どうせ誰かが言うんだしさ」

雪菜にズバッと言い切られて、むう、という顔をしてしまう彰蔵。

実際の話、彰蔵は生まれた時代が時代だけに、男が複数の女を囲うことに対して、それほど忌避感はない。

宏が春菜達を囲う、というより春菜達に囲われていること自体は別に気にならないが、その結果大事な曾孫がないがしろにされるのではないか、というのが心配で意地の悪いことをしてしまっただけである。

「冬華も、それぐらいにしておこうね。曾曾お爺ちゃんも、別に意地悪するためだけに言ってるわけじゃないんだし」

「そうなの？」

「うん。曾曾お爺ちゃんが言わなくても、多分誰かが同じようなことを言ってるだろうし、パパや澪お姉ちゃんがどの程度真剣に考えてるのか、確認したかっただけなんだよ」

雪菜が釘(くぎ)を刺したのを見て、冬華に対し彰蔵のフォローをしておく春菜。

もっとも、冬華ほど腹に据えかねるものがあるわけではないにせよ、春菜とてあまり愉快な気分ではない。

言葉の端々に、そのあたりの気持ちが微妙ににじみ出てしまうのは仕方がないところであろう。

「なんだか、楽しそうな話をしているわねえ」

そこに、先ほどこっそり入ってきていた上品な老婦人が、いろいろな意味で素敵な笑顔を浮かべながら割り込んでくる。

「イザベル……」

「ちょうどよかったよ、お婆ちゃん。いつから聞いてた？」

「澪さんとおっしゃったかしら？　彼女が彰蔵に問い詰められているところから、かしらね」

雪菜に振られて答えたイザベルの言葉に、彰蔵の目が見て分かるほど泳ぐ。

「まずは自己紹介かしら。私はイザベル・小川。そこの彰蔵の妻をさせていただいているわ」

「あっ、東宏です。春菜さんにはいつもすごいお世話になってます」

「ハルナ様とともにトウカの母親とヒロシ様の婚約者候補をさせていただいております、エアリスと申します」

「アルチェムと申します。ハルナさんやエアリス様とともに、トウカの母親とヒロシさんの婚約者候補をさせていただいています」

「水橋澪、十五歳中学三年生です。春姉やエル達と一緒に、師匠に娶ってもらおうとがんばってます。ボクだけ、冬華の母親じゃなくて姉に近い感じです」

「わたし、東冬華エアルーシア！　ひろしパパとはるなママ、エアリスママ、アルチェムママの娘で、みおお姉ちゃんの妹なの！」

上品でおっとりしたイザベルの自己紹介に合わせて、宏達も各々自己紹介を済ませる。

宏達の自己紹介を聞いて満足そうに一つ頷くと彰蔵に視線を向け、情けないと言わんばかりに表情を一変させる。

「ねえ、彰蔵。先ほどの澪さんへの言葉、あなたどの口で言っているのかしら？」

「そ、それは、その……」

「あなたに口説き落とされた当時の私と今の澪さん、それほど年は離れていないわよ？」

イザベルの衝撃的な発言に、思わず動きが止まる宏と澪。

春菜もそのあたりの話は聞く機会がなかったようで、驚愕の表情を彰蔵とイザベルに向けている。

自分達の国では普通のことであるエアリスとアルチェムも、こちらの近代文化を学んでいるため、驚愕とまでは言わないが驚いた反応を見せている。

そんな子供達の反応に気をよくしたイザベルが、そのまま話を続ける。

「私と彰蔵が初めて出会ったのは、まだ私がローティーンだった頃のこと。それはもう、情熱的に口説かれたわ」

「今と当時では時代が……」

「それを踏まえても、二十代も半ばを過ぎたいい大人が、中世でもまだデビューもしてない年齢の子供に一目惚(ひとめぼ)れして口説いてきたのは言い訳できないのではないかしら？　しかも当時の私は、それこそ見た目も澪さんの胸を絶壁手前まで減らしたような感じだったし」

微妙に見苦しい彰蔵の抵抗を、事実をもって笑顔でばっさり切り捨てるイザベル。

春菜の曾祖母(そうそぼ)だけあって、全盛期のイザベルは欧米人女性のイメージそのままの起伏にとんだ実に女性らしい素晴らしいプロポーションをしていたが、実は背が伸びたのも胸が膨らんだのも十六歳を過ぎてからだった。

彰蔵がイザベルを口説いたのは戦後のことであり、時代や民族の違いを踏まえても、なかなか擁護しづらいところがある。

なお、彰蔵とイザベルが結婚したのは、イザベルが日本でもイギリスでも結婚可能な年齢になってからである。

「それに、宏さんは言い寄られている相手にはっきりしたことを言う度胸がないタイプのようだから、逆に安全だとも言えるわね。彰蔵と違って」

「う、うむ……」

いろいろ知ってるんだぞ、とひそかにプレッシャーをかけるイザベルに、タジタジになってしまう彰蔵。さすがに、あと数年で八十年というくらい夫婦を続けていると、綺麗事(きれいごと)だけでは済まないものである。

恐らく、イザベルのほうも彰蔵に言えない後ろ暗いことがいろいろあるのだろうが、二人のやり取りを見る限りでは、差し引きすると彰蔵のほうが大幅にやらかしていることが多そうだ。

年齢を横に置けば昭和のドラマやコントでよく見るような流れになっているが、女性の立場がかなり弱い文化でもない限り、こういう状況で男のほうが分が悪くなりがちなのは時代や地域にあまり関係ないのかもしれない。

「……助けてもらっといてなんやけど、なんっちゅうかこう、病院に担ぎ込まれるぐらい弱ってる相手にそういう話で攻撃するんって、ええんかなあ……」

「いつ逝ってもおかしくないからこそ、ちゃんと言っておかなければならないのよ」

「なんか、すんません……」

居心地が悪そうな宏の正直な感想に、イザベルがどこか寂しそうな笑顔でそう言い切る。

その姿を見た宏が、自分の失礼な感想を取り下げる。

アルチェムですらその実年齢以上、他のメンバーの人生と比較すると何倍という時間を連れ添った夫婦に対して、そもそも自分達のような『子供』が何を言うのも失礼で野暮な話である。

そのあたりは女性陣も同じようで、言う言葉が見つけられず黙っている。

「それで、彰蔵。何か言うことは？」

「……いろいろすまなんだ……」

「よろしい」

完全にイザベルにやり込められ、どことなくしょぼくれた態度で謝る彰蔵。

イザベルはその様子にどこか満足そうに頷き、視線を冬華に向ける。

「冬華も、曾曾お爺ちゃんを許してあげて」

「え〜」

「曾曾お爺ちゃんも、本気で反省してるから」

「……うん。許してあげる」

イザベルに頼まれ、不承不承という感じで頷く冬華。

冬華が許すと言ったことに対し、むしろ宏達のほうがほっとしてしまう。

「形だけでも仲直りできてよかったで……」

「だよね……」

冬華が彰蔵に対して割と本気で怒っていることに気がついていた宏と春菜が、イザベルのとりなしで事なきを得たことに心から安堵(あんど)の言葉を発する。

それを聞いたイザベルが、小さな声で漏らす。

「本当に、彰蔵が余計なことを言うから……」

「でも、内容的には言われてもしゃあないことです。僕かて同じような状態になっとるやつがおったら、自分のこと棚に上げて言うてまいそうですし」

「まあ、人は自分のことには寛大なものだから、仕方がないわ。でも、どの口で言うのかってこと以外の面でも、言うのであれば彰蔵じゃなくて別の人じゃないと駄目だったのよ。だって、今の世の中がそのあたりのデリケートな問題に対してどれだけ厳しくなってるのか、肌で感じたことのある世代ではないもの」

自分も人のことは言えないと自己申告した宏に対し、イザベルがため息交じりに言う。

「この年になってしまうとね、社会で騒いでいることの大半は、大したことでもないのに必要以上に騒いでいるように感じるのよね。私がなんだかんだ言ってずっと上流階級として生きてきた人間だから、そう思うのかもしれないけれど」

「儂(わし)らが結婚した時代はセクハラをはじめとしたハラスメントに対して、世界的にさほどうるさくなかったからのう。妾を囲うことに関しても、大っぴらにやると冷たい目で見られるが、職を失ったうえで世間から徹底的に制裁を受けるほどでもなかった」

「まあ、セクハラに関してはそれ以前の問題として、まず女性の地位向上と社会進出のほうが重点項目だった部分も大きいのだけど」

「正直な話をするなら、ハラスメント関係、それもパワハラ関連に関しては、儂が現役の時でなくてよかったと本気で思っておる。日本とイギリス、双方の国益を自分勝手な行いで台無しにした部下を、数え切れんほど怒鳴りつけてきたからの」

「私も、実権のない名誉理事長の立場に退いていてよかったと毎日のように思っているわ」

そんな風に世相を嘆く年寄り二人。

その話が難しすぎたのか、それとも彰蔵との初対面からここまでの情報量が多すぎたのか、唐突に冬華が意識を飛ばす。

いつものようにアップデートモードに入った冬華の体を、さすがの反射神経で春菜が受け止める。

「やっぱり、オーバーフローしちゃったかあ……」

「ん。正直、ボク達でも重たい話だから、むしろ冬華がここまでもったほうが驚き」

「そうですね。ヒロシ様とハルナ様の成長についていけないだけで、トウカの体は私達が思っている以上に強くなっているのかもしれません」

「えっと、それはいいんですけど、この後どうすればいいんでしょうか？」

春菜に抱き上げられた冬華を見ながら、そんなことを言い合う春菜達。

どちらかというと藤堂（とうどう）家の問題だからとこれまで完全に沈黙を保っていた天音が、この状況を解決すべく初めて口を開く。

「冬華ちゃんを寝かせておく部屋、っていうか皆さんに泊まっていただく部屋は手配してあるから、まずはそっちに移ろうか」

「そうだね。お爺ちゃんもそろそろ休んだほうがいいだろうし」

「そうねえ。皆さんも移動で疲れているでしょうし、彰蔵もさすがに次に眠ったら起きてはこない、というほど切羽詰まってはいないのでしょう？」

「年齢や状況的に絶対とは言い切れないけど、多分、明日春菜ちゃん達と冬華ちゃんの関係についてちゃんと説明するぐらいは大丈夫なはずだよ」

「だったら、お互いにちょっと頭と気持ちを落ち着けるために、一度解散したほうがいいわね」

天音の提案に雪菜が同意し、イザベルが彰蔵の状態を確認した上で結論を出す。

その結論に全員が賛成したことで、ややこしい説明は翌日に持ち越されるのであった。

☆

冬華と彰蔵の顔合わせから三日後、彰蔵の病室。

「少し疲れたな……」

「ひいひいおじいちゃん、大丈夫？」

「ああ……」

宏達保護者一同が見守る中、ベッドを起こして冬華とおしゃべりを楽しんでいた彰蔵が、急激な脱力感に見舞われる。

そんな彰蔵を、すっかり仲良くなった冬華が心配そうに見上げる。

その冬華の頭を撫（な）でてやろうと腕を上げようとし、それすらも億劫（おっくう）になったという様子で、途中でやめる彰蔵。

そのままぐったりとベッドに背中を預けて、穏やかな表情で目を閉じる。

「……ひいひいおじいちゃん？」

目を閉じてすぐピクリとも動かなくなった彰蔵に対し、不安そうに声をかける冬華。

だが、どんなに声をかけても、彰蔵は一切反応を示さない。

「……パパ、ママ、ひいひいおじいちゃんが……」

ほんの数分前までは、普通に話をしていた彰蔵。

それが、唐突に眠り始めたことに対して、冬華なりに何か感じることがあったらしい。一度空を見上げたあと、後ろで見守っていた宏達に対し、『どうしよう？』という表情を向けてくる。

「イザベルさんと、あと教授らお医者さんを呼ばなあかんな」

「そうだね」

冬華同様空を見上げていた宏と春菜が、静かな声でそう結論を出す。

「旅立たれましたか……」

「うん。冬華と仲直りできててよかったよ……」

宏達の様子からいろいろ察したエアリスの言葉に、どこかほっとしたような、それでいて寂しそうな様子でそう答える春菜。

自然の摂理であり、一切苦しんだ様子がないこともあって、不思議と悲しみは感じない。

が、それでもよく知る血縁が亡くなったのだから、どうしても寂しさは消せない。

「パパ、ママ。ひいひいおじいちゃん、お空に昇っていったけど、帰ってくるよね？」

「トウカ。曾曾お爺ちゃんは、天寿を全うしたの。もう戻ってこないの」

冬華がどことなくすがるように発した疑問に、なんとアルチェムがそうきっぱりと告げる。

オルテム村には短命なゴブリン達が出入りしている。

そのため、アルチェムにとって言葉を交わした相手の寿命での死は、むしろこの場にいる誰よりも身近なものなのだ。

「彰蔵さん、もう輪廻の輪に入ってる。春姉の体質が仕事してない限り、恐らく小川彰蔵っていう人格はもう消えてる」

「……そうだね。いつ、何に転生するかまでは分からないけど、もう曾お爺ちゃんは記録と記憶の中にしかいないよ」

冬華に聞かせるために言った澪の言葉を受け、春菜が補足するようにそう言う。

多少の心残りはあれど己の人生に悔いが一切なかったようで、彰蔵の魂は驚くほどの速さで輪廻の輪に入っていった。

「うん。曾お爺ちゃんに守護霊や地縛霊になるような心残りがなかったことを、素直に喜ぼう」

「春菜さんと教授の祖やから、普通に神格とか持つんちゃうかと思っとったけど、そんなことはさすがになかったか」

「戦後の曾お爺ちゃんの功績とか考えたら、なっても不思議ではなかったんだけどね。さすがにそこまでではなかったみたい」

宏のわざとらしい軽口に対し、大真面目にそう返す春菜。

どれほど濃い神の血を引いていて偉大な功績を残した人物であっても、それだけではそうそう神化などしないようだ。

そもそも、神化して輪廻の輪から外れることが、それほど幸せなことなのか疑わしい。

「ひいひいおじいちゃんに、ごめんなさいって言えなかった……」

「あの時のことなら、それを言ってしまうと彰蔵が素直に逝けなかっただろうから、気にしてはいけないわ」

いろいろ満足して逝った彰蔵とは違い、自身の言動を悔いる冬華。

天音と医療チームのスタッフを引き連れて入ってきたイザベルが、その冬華の呟きを聞きつけて、しっかり目を合わせてその言葉を否定する。

わざわざ子供の前で言う必要のないことを言って、冬華を怒らせたのは彰蔵だ。

宏達はまだしも、冬華に関しては間違いなく正当な怒りなので、それについて謝るのは筋が違うだろう。

「それとも、冬華はあのあと、彰蔵を怒らせたり傷つけたりするようなことを言ったのかしら？」

「見とった限りでは、そういうんは特にありませんでしたわ」

「それなら全く問題はないわ。そもそも彰蔵は穏やかに旅立ったのでしょう？」

「はい。ちょっと疲れた、っちゅうて眠って、そのまますっと……」

「そう。玄孫と楽しくおしゃべりして、そのまま昼寝してだなんて、ずいぶんと贅沢で幸せな最期だったのね」

宏の報告を聞き、心底羨ましそうにイザベルが言う。

その間に天音達が確認を終え、死亡診断書を書き上げる。

「十五時三十六分、急性心不全でご臨終です」

春菜に時間を確認したあと、私情を交えないように淡々と告げる天音。

天音の告知に一つ頷き、彰蔵の傍らに腰を下ろすイザベル。

その横にちょこんと座った冬華が、彰蔵の手を軽く握る。

先ほどまで、時々優しく冬華の頭を撫でていた手。まだほんのりと残る温もりが、その時間が幻ではなかったことを、急速に消えていく体温が、もう二度とその時間が来ることはないことを冬華に教える。

「……おやすみなさい、ひいひいおじいちゃん」

とても寂しそうにそう呟いて、己の感情を受け止めきれずにアップデートモードに入る冬華。

「……冬華も眠ってしまったことだし、しばらく彰蔵と二人にしてくれないかしら」

「うん」

イザベルに請われ、冬華の手を彰蔵の手から離しながら頷く春菜。そのまま冬華を抱き上げ、イザベルの邪魔をしないように静かに出ていく。

春菜に続いて宏達が出ていき、天音と医師団が片付けを終えて立ち去ったのを見送ってから、イザベルは最後の夫婦の時間を静かに過ごすのであった。

☆

「……結局、お父さんと冬華は行き違いになっちゃったね……」

「飛行機の移動時間までは、どないもならんからなあ……」

「スケジュール的にどうがんばっても無理だったけど、せめてお通夜に間に合ってたら、ちょっとぐらいは話す時間もあったんだけどね……」

「冬華がお骨上げまでもたんと思わんかったからなあ……」

彰蔵が亡くなってから四日後の夜、藤堂家のリビング。

密葬を終えて帰ってきた春菜達が夕食を終え、ぐったりしながらそんな話をしていた。

なお、現在この場には春菜と宏以外に真琴と澪がいる。

スバルをはじめとしたブレスのメンバーと雪菜は、彰蔵の追悼式典が終わるまでしばらく、仕事もかねてイギリスに滞在することになる。

日本人なのに国主導のセレモニーとして追悼式典が行われるのだから、やたら大きな実績を積んでいる孫達に負けない、というより彰蔵が偉大だからこそ天音達もすごいという表現が許されるだけの人物になったのがよく分かる。

「まあ、そもそもの話として、時期的にヨーロッパ方面でのコンサートがメインだった雪菜さんと、国内でのテレビ番組やライブがメインで、撮影がいろいろ重なってたスバルさんとじゃ、スケジュール調整の難易度も大違いだしねえ……」

「うん。むしろ、途中からとはいえ、よくお葬式に参列できたよ」

「売れっ子はつらいわよねえ」

一緒に食後のお茶を飲んでいた真琴が、事の成り行きを聞いてしみじみと言う。

春菜の言葉どおり、スバルは通夜には間に合わず、葬式の途中、焼香が始まった時間になって到着したのだ。

タイミングの問題で冬華とは顔こそ合わせたもののお互いの紹介をしている暇はなく、火葬場への出棺の時はイザベルの希望で藤堂家と離れてイザベルと同じ車に乗って移動。

その際に何かを受信してしまったらしい冬華が意識を飛ばしてしまったため、結局、互いの自己紹介まではできなかったのだ。

なお、ここまでの話で分かるとおり、彰蔵の密葬は仏式で行われている。

これはイザベルの希望によるものである。

葬儀を行った寺はどうしたのかという点については、実は彰蔵とイザベルが暮らしていた地域には神社と寺があり、今回はその寺が葬儀を行ったのだ。

因(ちな)みにこの寺と神社、興味を持ったイザベルがわざわざ日本で仏教や神道の話を聞いて帰り、自分達の生活に取り入れる価値のあるものだと考え地元に広めたことがきっかけでできたものである。

どちらも相当英国風にカスタマイズされてはいるが、自分達からは布教に動いたりせず淡々と宗教行事を行う姿に共感した人が多かったのか、下手をすると平均的な日本の寺や神社より信者や檀家、氏子の数が多かったりする。

面白いのは、神社は現地に語り継がれている妖精譚をベースにご神体と神社の位置を決め、その妖精譚の主人公を神の一柱として信仰していることと、現在の神主が現地の人物で、わざわざ日本に行って神主の資格を取ってきたことであろう。

神道に特有の様々な意味での緩さが伝染したか、彰蔵とイザベルの住む地域ではイギリス国教会と仏教、もしくはこの神社とが平気で信仰をチャンポンしている始末である。

「それで、エルとアルチェムは、直接帰ったの？」

「ん。そろそろ冬の神事のために準備始めなきゃいけないらしい」

「冬華はまだ寝てるの？」

「ん。起きてくる気配は全くなし」

真琴の疑問に、澪が全て答える。

葬儀が終わったのは昨日のことなので、久しぶりにずいぶん長く眠っていることになる。

「大丈夫なの？　アップデートモードに入るのはいつものことだけど、今回はそれとは状況が違うでしょ？」

「目覚めないってことはないよ。ただ、変な言い方になるけど、今回は大規模アップデートだから、何日かはかかる上に何回も落ちることになりそうな感じだけど」

「大規模アプデのあとに何回も緊急メンテが入るのは、どんなものでもお約束ってわけね……」

「うん。変なうえにものすごく言い方悪いけど、そうとしか言えない感じなんだよね」

冬華の状況に関する春菜の説明に、ネトゲだのOSだのによくある話を持ち出して納得する真琴。

実際問題、大は法律から小は家庭内ルールまで、たとえ必要なことであってもシステムを大きく変えれば、不具合が大量に出て調整に時間がかかるものである。

「もうしばらくはあっちこっち連れまわして環境の変化に馴染みやすくしてあげないと、学校とかはどうがんばっても無理だよね」

「ん。神の城から連れ出すことはできるけど、当分はせいぜい日帰り旅行が限界」

「せやなあ。まあ、仮に一週間やそこら落ちたりせんようになっても、学校に関しては健康診断とかそういう方面でもいろいろ問題が出おるから、やっぱり厳しいもんはあるけど」

「そうなんだよね。冬華が日本で暮らすのは、なかなかハードルが高いよ……」

前より進歩したからこその現状に、思わずため息を漏らす春菜達。

DNA鑑定が凄まじくカオスなことになっていたのもあって、迂闊に地球に連れてこられない感じになっているのだ。

「もう、そのあたりは澪が成人するまで様子見でいいんじゃない？　今までの感じでは、多分それぐらいまではアップデートでちょこちょこ落ちるだろうし、肉体的にも今とそんなに大きく変わらないと思うし」

「そうだね。それにしても今回は、冬華のこと以外にもいろいろ考えさせられたよ……」

「ん。七十年以上夫婦を続けるっていうのがどういうことかとか、知ってる人を看取っていくこととか……」

「せやなあ……。まあ、うちらに関しては事故とかでもない限りは多分、スバルさんかうちの両親が天寿全うするまでは看取るほうはなさそうやけど」

宏の言葉に、まあそうだろうなあと頷く一同。

宏の両親はちょうどスバルと雪菜の中間くらいの年齢で、今年五十路に入っている。

そのスバルは来年五十路を折り返すので、順番的にはどちらかが先になるのが普通だ。

なお、雪菜は今年四十四歳だが、そもそも八十やそこらで逝くイメージがない、どころか彭祖くらい長生きしても不思議はないタイプなので、誰もスバルや宏の両親より先だとは思っていない。

澪の両親はまだぎりぎり三十代なので、やはりそういう話はまだまだ先だろう。

「そんな先のことより目先の話。ってことで確認だけど、澪の受験はどういう状況？」

「推薦入試で通りそうだから、多分大丈夫」

「そう。まあ、油断しないようにね」

「ん」

真琴に問われ、真顔で頷く澪。

だが、最近減ってきたとはいえ、そのまま真面目な話で終わらないのが澪である。

「合格を確かなものにしてから、うちの両親のためにも師匠が子孫繁栄に励む気になれるようがんばる」

「たかが高校ごときでそういうことをやろうとしないの！」

「ぐへっ」

お約束のようにそういうことを言っては、全力のハリセンを食らって潰されたカエルのような声を漏らす澪。

それを見ていた春菜が、このやり取りも意外と久しぶりかも、などと頭の片隅で考えつつ苦笑を浮かべる。

「まあ、そっち方面は澪ちゃんのお酒解禁ぐらいまでは慌てない方向でいこうよ」

「つちゅうか、それぐらいにならんと、公権力が怖あて澪にはよう手ぇ出せんで」

「師匠、それって性的な意味だけ？」

「いんや、手ぇ握るレベルでもちっとやな予感しおる……」

「むう……」

宏に納得するしかない理由でダメ出しをされ、思わずうなる澪。

実際問題、自分のように幼く見える二十代の女性が、夫婦で手をつないで歩いていて職質を受けたという話はネットでたくさん見ており、成人していれば免許証を見せるなりなんなりでどうにかできるが、まだ高校生くらいだと何を言っても通らない可能性のほうが高い。

「まあ、あれよ。どれだけ巨乳でも非合法ロリの間は下手なことしちゃだめってことね」

「……身長が無理なら、せめてこの体格でもロリに見えない顔が欲しい……」

真琴にきれいにオチをつけられ、血涙を流しそうな表情でうめく澪。

「澪のことは置いとくにしても、そろそろもうちょいぐらい覚悟決めんとあかんかなあ……」

今回の件でいろいろ思うところがあったようで、今まで往生際が悪かった宏がようやくそんなことを言う。

様々な意味で宏達の重大なターニングポイントの一つとなった彰蔵の最期は、こうして表面上はいつもと変わらぬやり取りの中でゆっくりと消化されていくのであった。

第76話　このチープさが、妙に食欲をそそる……

「すいませ～ん、郵便局です」

「は～い」

「ハンコかサインをお願いします」

「これでいいかしら？」

「はい、ありがとうございます」

　十一月末。水橋家に大判の厚めの封筒が届く。

「潮見高校から、ということは、澪の試験結果ね」

　封筒の差出人を見て、受け取った澪の母親が頬に手を当てながらそう呟く。

　封筒に厚みがある時点で恐らく合格であろうが、まだまだ予断を許さない。

　何しろ、ほぼ面接だけで決まると言っていいうえ、基本的には落ちることはない推薦入試である。

　推薦を受ける時点で学力も内申も基準を満たしている前提になり、そのあたりの先入観がプラス方向で補正されるので、合格はある意味当然のことである。

　しかし、澪の性格的に面接というのは間違いなく試験としては一番苦手なジャンルなので、どこまでも失敗する可能性が付きまとうのだ。

余談ながら宏達の日本では、公立高校でも学力の高い学校や特色の強い学校では、大抵推薦入試が行われている。

「……開けて確認したいけど、もうすぐ澪が帰ってくる時間だから、それまでは待たないとね」

自制心を総動員して封筒をテーブルの上に置き、澪にメッセージを送ってから夕飯をどうするか決めるために冷蔵庫の中を確認する。

最近はおすそ分けで野菜が手に入るため、買いに行くにしても肉類か魚介類だけなのだが、場合によってはごちそうを作ることになるので、十分に食材は吟味しておかなければならない。

そうやって思案していると、玄関が開く音が。

「……ただいま」

「お邪魔します」

「おかえり。凛ちゃんもいらっしゃい」

帰ってきた澪と凛に声をかけ、冷蔵庫を閉じる澪の母。

「お母さん、試験結果見せて」

「凛ちゃんがいるけど、いいの？」

「ん」

母の確認に、緊張を隠さずに頷く澪。

ただならぬ緊張感を振りまく澪に苦笑しつつ、封筒とハサミを渡す母親。

残念ながら、水橋家にはペーパーナイフなどという洒落たものはなく、カッターナイフも滅多に使わないので手近には置いていない。

なので、封筒を開けるときは素手でちぎるかハサミで切るかのどちらかである。

「……よかった。ちゃんと合格」

「澪ちゃん、合格おめでとう」

「澪、おめでとう」

おっかなびっくり封筒を開け、中を取り出して一番最初に目に入った文字に、大きな安堵のため息をつきながらそう告げる澪。

その言葉に、大丈夫だろうと思いつつも不安を拭えなかった凛と澪の母が、安堵の表情を浮かべながら祝いの言葉を言う。

いくら大丈夫だと言われても絶対ではないのだから、一切不安を持たずにいるのは難しい。

「お母さん、いっぱい手続きあるみたい」

「そうね。まあ、基本的に全部保護者がやることだから、澪は気にしなくていいわ」

そう言って、澪から書類を受け取る母親。

義務教育中の未成年の場合、手続きに保護者もしくは後見人が必要となることは多い。

それもあってか、この種の書類は大抵、成人して社会に出ている人に向けた書き方をしているので、澪のような中学生には難しいものも結構ある。

もっともそれ以前の問題で、一般的な中学生と比較してもかなり世間知らずな澪に、手続きで必要となる書類の入手方法など分かるはずもないのだが。

「それで、澪。せっかくだからお祝いしようと思うんだけど、晩ご飯は何が食べたい？」

「今日は凛のお料理教室だから、お祝いはまた今度でいい」

「そう。だったら、次の休みの日でいいかしら。どこか行きたいところとか食べたいものはある？」

「ん。一度、焼肉屋さんに行ってみたい。できたら食べ放題」

澪の実にらしいリクエストに、思わず吹き出す凛と澪の母。

夕食にお祝いで澪の食べたい美味しいもの、という話からの派生だとはいえ、そこでチョイスしたのが色気のかけらもない焼肉食べ放題である。

年頃の女子が喜びそうな、お洒落なレストランで高級ディナーという選択肢が一切眼中にないあたり、確実に乙女力はどこかに置き去りにしている。

「一生に一回の高校入試のお祝いで、しかも澪にとっては初めての進学祝いなのに普通の食べ放題っていうのは、さすがにちょっと寂しいわね」

「でも、食べ放題じゃないと、気になってあんまり楽しめない」

「普段は宏君や春菜ちゃんのおかげでほとんど食費がかかってないし、こういうときぐらいはお金のことを気にしなくてもいいのよ？」

自分が食べる量を自覚している澪の遠慮に、少し寂しそうにそう言う澪の母。

確かに、普段から外食で満腹になるまで澪に食べさせるのはかなり厳しいが、年に一回や二回なら問題にならない程度には澪の父も稼いでいる。

専業主婦をやっている澪の母も内職的なもので意外と収入があるので、退院後は基本的に食費と下着代以外に金がかかる要素がほとんどない澪一人を育てる分にはかなり家計に余裕がある。

そこを信用されていないのは、親としては実に寂しい。

「っていうか、澪ちゃん焼肉食べに行ったことないんだ」

「ん。うちの親、そういう体に悪そうなものを食べに連れていってくれない」

「まあ、澪ちゃんはずっと入院してたから、そういうのはしょうがないんじゃない？」

「分かってる。けど、焼肉とかファストフードの類は、一生に一度ぐらいは経験しておきたい」

話が少しおかしな風向きになったところで、凜が今までの話で気になったことに話題を変える。

その内容に乗っかり、どこの箱入りお嬢かと突っ込みたくなる発言をする澪。

年度が替われば高校生だというのに、澪の世間知らずはあまり変わっていないようだ。

「経験しておきたいっていうけど、焼肉自体はやったことあるんだよね？」

「ん、さすがにそれはある。っていっても、師匠と一緒に春姉に巻き込まれて、綾羽乃宮のお屋敷で焼肉なのか網焼きステーキなのか、っていうような感じのお肉を自分達で焼いて食べたことが何回か、とかそういうのばかりだけど」

「……うん、まあ、最近だとステーキ肉を出してる焼肉屋さんも結構あるみたいだから、まあおかしくはないかな。ってことは、バーベキューとかは？」

「そっちはいろんなバージョンで何回も。むしろ、ボク達の場合バーベキューのほうが慣れてる」

「それはそれで、なんか不思議な話なんだけど……」

澪の不思議な食歴に、思わず首をかしげる凜。

偏ったイメージだと自覚しているが、凜の中でのバーベキューは、学校行事以外ではウェーイな感じのチャラい人達がリア充っぽく野外ではしゃぎながらやるものになっている。

澪がボク達と言っている以上、宏や春菜、真琴、達也も含まれているのだろうが、全員そのバーベキューのイメージからはほど遠い。

なんというか、そもそも野外でわざわざ料理して食べようとする印象が一切ないのだ。

「凛、ボクが林間学校で火の管理とか全部やってたの、忘れてる」

「あ～、そういえば。カレーと窯焼きピザだったから、あんまり野外って印象なかったけど」

「一応、つかみ取りしたアユも自分達で焼いた」

「あれも全部澪ちゃんが勝手に下処理済ませちゃって、ちょっとざわついてたよね」

澪に指摘され、去年秋の林間学校のことを思い出す凛。

それまでに料理がプロ級であることは調理実習などでさんざん見せつけられていたが、薪に火をつけたりといった作業まで先生や施設の人より上手いとは思っておらず、しばらくはその話題でもちきりだった。

が、それからさほど時を置かずに学年全体が本格的に高校受験モードに入ったことで、そのあたりのことはすっかり忘れ去られていたのである。

なお、アユの塩焼きを下処理から炭火焼きまで完璧にこなした点に関しては一時的に話題になったものの、最終的には澪だからで終わっている。

「で、澪ちゃん。焼肉だけってのも寂しいと思うんだけど、他に何かないの？」

「そうは言っても、一般的に思いつきそうな料理は、大体春姉か綾羽乃宮関連でごちそうになる。遊びに行くにしても、テーマパークとかそんなに興味ない」

「うーん……」

実に贅沢なことを言う澪に、困った表情を浮かべてしまう凛。

念のために補足しておくと、澪自身も、自分が言っていることが贅沢だという自覚はある。

さらに言うと、現状を当たり前だと考えてはいけないことも分かっている。

だが、テーマパークの類にはどうしても興味がそそられず、食事関係は豪勢なものほど綾羽乃宮の影がちらついて下手に要望が出せない。

こういうときのおねだりの定番ともいえる服だのアクセサリーだのは、それこそ未来がアップを始めるので危険すぎる。

それらを踏まえ水橋家だけで完結させようと思うと、焼肉食べ放題あたりが簡単で確実なのだ。

「まあ、週末までまだ時間があるし、せめてもうちょっと考えてあげてね」

「ん」

澪の言葉からいろいろ裏を読み、軽く釘だけは刺しておく凛。

テーマパークに興味がないのはある程度しょうがないとはいえ、いい加減そろそろ惚れた男や食事や二次元以外にも趣味や興味を広げたほうがいい。

「凛、晩ご飯の準備には早いから、ちょっと勉強」

「そうだね。総君はまだしも、あたしだと潮見高校はちょっと不安があるし」

いろんな意味で気分が落ち着いたところで、勉強のほうに話を変える澪。

入試が終わった澪と違い、凛はこれからが本番である。

しかも本人が言うように、凛の成績は絶対合格ラインに微妙に到達していない。

合格ラインすれすれというほど低いわけではなく、苦手なタイプの問題が多めに出れば怪しいかもという程度なのだが、不安になるには十分だ。

「凛はちょっと誘導されるとあっさり引っかかる傾向があるから、解の証明と文章題はしっかり問題読んで、ひと呼吸からふた呼吸置いて解き始めること」

そう言いながら、凛を自分の部屋に招き入れる澪。

こうして、澪の合格が判明した日は、普段とあまり変わらないテンションで終わるのであった。

☆

「焼肉食べ放題か～……」

「言われてみれば、俺達もあんまり縁がねえよなあ……」

同じ日の夕方、夕食前の藤堂家。

話を振られて、詩織と達也がうーん、という表情を浮かべる。

この日は詩織が雪菜から借り受けた機材を返しに来て、そのまま一緒に夕食を食べていくことになったのである。

合格祝いのことで澪の母親から相談を受けたこともあり、ちょうどよく達也達が来たからと、本日夕食は自宅での予定だった宏も春菜に呼び出されて一緒に食べている。

いないのは友達付き合いでついさっきファミレスに行った深雪だけだ。

なお、菫は現在元気にハイハイしており、時折つかまり立ちをしようとしている様子が確認されている。

今の調子なら、そう遠くないうちに歩き始めるだろうと、関係者がみんなして注目している。

「真琴さんは、心当たりとかある？」

「微妙なところねえ……」

春菜に問われ、頭をひねる真琴。

子育ての関係で付き合いが悪くなりがちな達也に代わり、現在メンバーの中では最も社交的な真琴は、当然そういう店での飲み会やコンパの経験も豊富だ。

しかし、真琴が知っている食べ放題飲み放題の店は薄利多売系の全国チェーンがほとんどであり、今回のようなお祝いとなると選択肢に入れづらいところである。

「真琴さんでも難しいか」

「残念ながら、ね。昔みたいにぎょっとするほど安い店は駆逐されてるけど、客層が違うからかビュッフェレストランとかと違ってあんまり高いお店ってないのよ。だから国産牛なんてまず出てこないし、出てきたとしてもすごい技術で廃用乳牛を美味しく食べられるように食肉加工したものとかが普通で、タレとかでごまかしてない本当に美味しい国産牛は無理ね」

「そういうもんか。っちゅうか、よう知ってんなあ」

「農学部の子が教えてくれたのよ。因(ちな)みに、使ってる技術自体は結構古いもので、もう実用化から半世紀ぐらい経ってるらしくて、今のところこれといって問題は出てないから一応安全性は確立されてるっぽいわね」

妙に詳しい理由を聞かされ、なるほどと納得する宏。

安いものには安いなりの理由はあるが、真琴が説明した国産牛焼肉食べ放題のからくりは、まだ穏当なものではある。

使われている技術が真琴の言っているとおりであれば、規制強化の原因ともなった一時の食品偽装が頻発した頃の食材に比べれば問題ない範囲だと言える。

「カズとかはどうなんだ？」

「聞いてみたけど、高くてお酒の飲み放題込みで六千円ぐらい、かつ本当に看板どおりの肉かどうかはよく分かんないんだって」

「そらまあ、ちゃんとした質のええ国産牛の食べ放題なんざ、Ａ５やの黒毛和牛やのを言い出さんでも一人前が万札一枚で足りればええほうやろうけどな」

「まあねえ」

宏の指摘に、小さく頷く真琴。

世の中には予約制で近江牛と松茸のすきやき食べ放題税込み約八千円、という店もあるにはあるが、その店は東京や潮見に比べると地価の安い地域にあり、牛肉の食べ放題は焼肉ではなくすき焼きで他のメニューも出てきて、ブランド肉の産地も近い。

恐らく、東京どころか潮見くらいの都会度合いでも、家賃その他の問題で絶対に成立しないだろう値段である。

余談ながら、その店で最も高価なメニューは、近江牛と松茸のすき焼きだけでなく土瓶蒸しなどの松茸料理も全て食べ放題で税抜き五万五千円という、金額も内容も豪快な代物である。

「実際のところ、焼肉の食べ放題に人数分万札出すんだったら、一流ホテルのビュッフェディナーに余裕で行けちまうからなあ」

「お祝いとかで奮発するんだったら、大体の人はそっちに行っちゃうよね～」

「需要がないわけじゃないんでしょうけど、焼肉はどこまでいっても焼肉だものねえ」

澪の望みにおける、ある意味一番致命的であろう問題を口にする達也、詩織、真琴。

焼肉食べ放題というのは、手頃な値段でがっつり肉を味わうものというイメージが強い。

どの程度の値段を手頃と考えるかは人それぞれ違うだろうが、庶民の感覚だと五千円あたりがボーダーと捉える印象があるので、基本的には高くても四千円前後になってくる。

なので、焼肉食べ放題に飲み放題抜きで八千円とか一万円で参入したところで、なかなか客は入らないだろう。

その値段を出せるほど余裕がある層は、大部分が中年以降の年齢で子供が学校を卒業している年代になってくるので、普通の高級焼き肉店に行って食べたいものを食べられる分だけ頼んだほうが大抵安く上がる。

逆に、食べ盛りを抱えている家庭では、子供自身が肉であれば何でもいいと思っていることが多く、よほどひどい店でない限り安い食べ放題でも不満を持たない。

結局、需要がないわけではないだろうが、やっていくにはいろいろ難しそうだ、という結論になってくるのだ。

少なくとも、探しても店が見つからなかった潮見のあたりでは、店を維持できるほどの需要も売り上げもなさそうである。

「澪ちゃんの希望も分からなくもないけど、さすがにおじさん達がかわいそうだから、東京か観光地方面の高級ホテルのディナービュッフェで手を打ってもらうほうがよさそうだよね」

「せやなあ。っちゅうか、澪のご両親があんまり焼肉食べ放題系をよく思ってへんねんから、そういうのはうちらのほうでこっそり連れていくぐらいのほうがようないか？」

「保護者に内緒で、っていうのはあんまり褒められたことじゃないけど、澪ちゃんのお願いはかなえてあげたいしねえ……」

春菜が出した案を踏まえての宏の提案に、悩ましそうな表情を浮かべる春菜。

春菜自身はそれほど食べ放題系に偏見は持っていないが、安い肉料理や食べ放題系には、全般的にジャンクなイメージが根強くあることも理解している。

澪が普通に成長した子供であったなら、水橋家の人達もここまで過敏にはなっていなかっただろうが、澪が今のような日常生活を送れるようになってまだ三年だ。

そのあたりに過敏になってしまうのも、仕方がないことであろう。

「そういえば、普通のお店に入れなかった宏はともかく、春菜は焼肉食べ放題って入ったことあるの？」

「いや、僕も食べ放題の焼肉屋ぐらいは行ったことあんで。小学校の頃やけど」

「ああ、そりゃそうよね。変な言い方だけど、宏の家は社長っていっても春菜と違って普通の一般家庭だったわけだし」

「えっと、私の家も別にそういう部分でお高くとまってるわけじゃないよ？」

宏の突っ込みを受けて、言われてみればと納得する真琴。

そもそも、宏が飲食店やスーパーなど人口密度が高くなりがちな場所に入れなくなったのは、中三以降のことだ。

学校の雰囲気も悪く本人の落ち込みも激しかったであろう中学時代はともかく、小学校時代には外食も普通にしている。

「まあ、お嬢様だとかそういうのは偏見だとしても、春菜の家だと家族でそういうところに食べに行くイメージは全然ないのよね」

「あ〜、うん。家族で行ったことはないかな」

真琴に追及され、そこは素直に認める春菜。

といっても、別に雪菜もスバルも食べ放題系を忌避しているわけではなく、単に自身の知名度の問題で自分の子供を連れていきづらかっただけの話である。

特に春菜はずっと芸能界に顔出しNGを貫いてきたので、どこで誰が写真を撮っているか分かったものではない普通の飲食店だと、両親と入ること自体相当なハードルとなっていたのだ。

「で、話を戻すとして、春菜は焼肉食べ放題はどうなの？」

「一度だけ、自分でお肉とかサイドメニューとか取りに行くタイプの食べ放題に行ったことがあるよ。舞衣ちゃんと結衣ちゃんが潮見高校に合格したから、親戚の子供だけで少し大人の世界をって企画をカズ君がね」

「ああ。あいつ、そういうの好きそうだものねえ」

「うん。深雪の時はしゃぶしゃぶ食べ放題に行ってたよ。残念ながら、私はあとから動かせない用事ができちゃって参加できなかったけど」

「食べ放題なら何でもいい、ってものでもないでしょうに」

いろいろな疑問を解消してくれた春菜の回答に、思わず呆れながら納得する真琴。

オタとは思えないこの種の行動力にはいろいろ世話になっているものの、ここまで徹底してると賞賛以外の感情が混ざるのも仕方がないだろう。

「つまり、カズにそのかされた的な扱いで連れていけば、手っ取り早いわけだな」

「そうだね。美優おばさん達も暗黙の了解で、カズ君がやることには予算は出しても手は出さないことにしてるみたいだし」

そこまでの経緯を踏まえ、澪の要望をそういう形で叶えさせようと結論を出す達也と春菜。

あとは、どうやって澪に勝手に結論を出したことを許してもらったうえで納得してもらうかだが……。

「で、本人いないところで勝手に結論出しちゃったけど、それを澪にどうやって納得させるかって、結構悩ましいわよね」

「そんなん、ええ店知らんかっておばさんに聞かれたけど微妙な店しか見つからんかったから、家族で行くんはホテルのお高いビュッフェで手ぇ打ったたってくれへん？　って澪に正直に言うしかないんちゃう？」

「だよね～」

真琴がそのことを指摘した際に、サクッと宏と春菜が対応を口にする。

「正味な話、澪のご両親が腹くくって、焼肉やろうがしゃぶしゃぶやろうが行きたがっとる食べ放題に連れてったったら済む話なんやけどなあ……」

「俺達も人のことは言えねえけど、おじさん達も過保護だからなあ……」

宏の身も蓋もない正論に、思わず苦笑する達也。

ファストフード店や牛丼チェーンの店にこそ入ったことはないものの、ファミリーレストランに行ったことがありコンビニで買い食いしている時点で、食材云々や健康云々は今更の話である。

それとこれとはレベルが違うと言われそうだが、澪の生活スタイルだとそもそも買い食いや外食の機会自体が少ない。

その上で普段食べているものを考えると、年に何回か焼肉食べ放題に行ったぐらいでは大した差はない。

「まあ、明日畑でその辺言うてみるわ」

「すまん、頼む」

「お願いね～」

「じゃあ結論が出たところで、ご飯の準備するね」

方針が決まったところで、ようやく夕食にありつける一同。

結局、澪の望みは、そのままの形で叶うことはないのであった。

☆

「やっぱり？」

翌朝。春菜の畑。

収穫作業をしていた澪が、昨日の話し合いの内容を宏から聞いてあっさりそう言う。

どうやら、澪は大してこだわりがなかったようだ。

「なんや、予想ついとったんかい」

「ん。そんな高い焼肉食べ放題は多分ないと思ってた」

宏に突っ込まれ、正直に思っていたことを告げる澪。

予想がついていたくせに言うだけ言ったところは、澪が成長したとみるべきかいい性格になったと言うべきか迷うところであろう。

「お父さんとお母さんにはホテルビュッフェをねだるとして、師匠達に食べ放題に付き合ってもらっても？」

「そら構わんけど、焼肉食べ放題にもいろいろ種類があるみたいでなあ」

「そうなの？」

「ざっと調べた感じでも、白飯と汁もん以外はひたすら肉類と焼き野菜だけの店と、普通のビュッフェに焼肉足した感じの店があってな。肉の取り方も、食べたいもん自分で取りに行くパターンとオーダーして持ってきてもらうパターンとがあるらしいねんわ」

「むう、奥が深い……」

「小学校時代に僕が行ったことあるんは、肉類と焼き野菜が七ぐらいに残りがサイドメニューとデザートっちゅう感じの店やけど、調べたら九割がサイドメニューでビュッフェに申しわけ程度に焼肉付けました、っちゅう感じの店もあるみたいでな」

「焼肉……、焼肉とはいったい……」

宏の説明を聞いて、恐れおののいたようにそう漏らす澪。

ちょっとくらいは肉以外の食材があるのは想定していたが、まさかメインが肉以外なのに焼肉食べ放題をうたっている店があるとは思わなかった。

「で、澪ちゃんはどんな感じのお店に行きたい？」

「肉主体……でも、唐揚げとかお寿司とかもちょっとぐらいはあったほうが嬉しい」

「了解。自分で取りに行きたいよね？」

「ん」

澪の要望を聞き取り、手早くメモしていく春菜。

ざっとメモを終えたところで、もう一点確認をしておく。

「それで、澪ちゃん。うちのお母さんやおばさん達に余計な手出しさせないために、カズ君に段取り任せようと思うんだけど、いいかな？」

「ん」

春菜に問われ、あっさり頷く澪。

どうやら、行ってみたいというだけで、どういう形で行くかとか誰と行くかには全くこだわりはないようだ。

澪の同意を得たところで俊和にメモを送る春菜。

ついでに値段はあまり気にしない方針、アルコールの飲み放題は不要だがドリンクバーはあり、希望の日程などもう少しだけ条件を付けて店の選定を丸投げする。

「日程は任せてもらうことになるけど、一応来週以降にしようとは思ってるよ」

「ん、春姉に任せる」

せっかくお祝いしてくれるのだからと、全て春菜に、もっと正確に言うなら俊和に丸投げする澪。

投げるだけ投げたあと、ふと思いついた要望を口にする。

「ねえ、師匠、春姉。それとは別に、やりたいことがある」

「なんや？」

「どんなこと？」

「そろそろ、師匠と春姉とエルとアルチェムとボクでクリスマスパーティしたい。おしゃれで大人っぽい感じのロマンティックなディナーで」

澪から出てきた、実に恋する乙女らしい要望。

それに、思わず顔を見合わせてしまう宏と春菜。

この流れで、よもや澪からそんな願いが出てくるとは思わなかったのである。

「確かに、今年やったらできるんはできるか」

「うん。みんな入試は終わってるし、達也さん達も二人目はまだみたいだし」

「クリスマスイブは菫の誕生日やけど、今年は特に何もやらんみたいやしな」

「一応お祝いはするけど、パーティとかは早くて来年かな、って言ってたよね」

去年まで会話にクリスマスという単語が存在していなかった理由を確認し、今年は特に何もなさそうだと判断する宏と春菜。

強いて言うなら綾羽乃宮家主催のクリスマスパーティに呼ばれてしまう可能性はあるが、そちらは前もってこの話を通しておけば無理に呼びつけたりはしないだろう。

「だけど、おしゃれで大人っぽいロマンティックなディナーかあ……」

「全然イメージわかんわ……」

「多分、盛り付けとかライトアップとかで演出するんだろうけど……」

「誕生日とかはともかく、そっち方面はセンス壊滅しとる自信あんで……」

「私も……」

どう聞いても自分達でディナーを作るつもりとしか思えない言葉を漏らしながら、本気で悩み始める春菜と宏。

その流れに、澪が大慌てで待ったをかける。

「師匠、春姉。今年のクリスマスディナーは、どこかのお店でのつもりだった」

「「……ああ」」

澪に突っ込まれて、ようやく自分達で作らなくてもいい、という事実に気がつく宏と春菜。

名前が出たメンバーがメンバーなので、ついいつものように神々の晩餐（ばんさん）で豪勢なディナーのつもりになっていたのである。

「師匠、春姉。自分達で料理作って自分達でロマンティックにっていうのは、結婚してからで」

「……なんか、結婚することが既定路線になってる気がするんだけど……」

「年が明けたら師匠も春姉も成人式だから、そろそろそのぐらいのつもりでいてもいいと思う」

「……えっと、宏君はそれでいいの？」

「ヘタレたこと言わせてもろてええんやったら、もうちょっとだけ猶予欲しいねんけど……」

「だよね。私も、せめてちゃんとした告白をしてからに……」

澪の一足飛びの言葉に、二人してヘタレる春菜と宏。

肉体関係がないだけで、もはや実質的に万年新婚の熟年夫婦となっているというのに、今更ここでヘタレるのが二人の仲が進展しない最大の理由なのは間違いない。

もっとも、夫婦は似てくるという一般論を考えると、夫婦と大差ないからこそ、こういうところが似ているのかもしれないが。

「で、そんなロマンティックなレストランとか、当然のごとく僕の知ってる店には存在せんねんけど」

「私達の立場とか状況とか考えたら、素直にコネに頼って綾羽乃宮系列のホテルを使うのが一番無難かな？」

「……つまり、そのための正装とか気合い入れて作らなあかん、と」

「さすがに、神衣ってわけにはいかないから、そうなるかな？」

「つちゅうことは、結局未来さんに燃料を投下することになるわけか……」

嫌な予感しかしない結論に顔をしかめつつ、どことなく諦めるような空気をまとう宏と春菜。

当事者の意識や関係性がどうであれ、何も知らない第三者から見れば誠実ではないお付き合いを堂々とやっているようにしか見えない。

全員が必要以上に存在感を発揮してしまう宏達の場合、余計なトラブルを引き寄せる確率を下げるためと考えると、その程度は必要経費として割り切らざるを得ない。

「……ふと思ったんやけど」

「どうしたの、師匠？」

「うちらが覚悟決めて、何日に結婚式しますで結婚、っちゅうわけにはいかんよなあ……」

「……そうだよね。親戚はある程度無視していいとしても、いくら家族が誰も反対しなくても、法的な手続きとか結婚生活をどこでするのかとか、いろいろ準備はあるよね」

「正直な話、法的な問題っちゅうんが一番厄介ちゃうか？」

「……ん。日本の法律だと、師匠と法的な根拠を持って夫婦になれるのは一人だけ」

「本当に法的な根拠が必要かどうか、っていうのもあるしね」

結婚に関しての話を唐突に蒸し返した宏の言葉に、先ほどまだもう少し覚悟を決める時間が欲しいと言ったばかりだというのに、なぜか明日にでも結婚するようなレベルで検討を始める一同。

もっとも、遺産分割をはじめとした財産問題を気にしなくてもいいのであれば、特に法律婚にこだわる必要がないのも事実だ。

寿命のことも考えると、むしろ遺産は相続放棄して法的な縛りを可能な限り減らしたほうがいいのかもしれない。

「……まあ、そのあたりのことはそのうち考えようよ」

「せやな。澪が成人する頃には法律変わっとるかもしれんし」

結局、面倒くさすぎて考えるのをやめる春菜と宏。

「澪ちゃん。そろそろ学校行く準備しなきゃいけない時間だから、今日はこれで終わろっか」

「ん」

話を続ける気力も考える気力もなくなったところで、本日の収穫作業を終える春菜と澪。

すでに宏は出荷のための選別をあらかた終えている。

「焼肉のほうは、日が決まったら連絡するね」

「ん、お願い」

春菜の言葉にそれだけ返事をして、持って帰る分だけ自転車のカゴに入れて一足先に畑を出ていく澪。

「それで、宏君。オーダーバイキングじゃない店で、大丈夫？」

「大丈夫やと思うけど、あんまり女の人多いようやったら、最悪誰かに取りに行ってもらうわ」

「了解」

澪がいなくなったのを確認し、帰りの軽トラで確認する春菜。

澪に気を使わせないため、あえてあの場では聞かなかったのだ。

「まあ、そもそもの話、真琴さんと澪と小川(おがわ)が居(お)るんやから、僕らが取りに行くんは飲みもんぐらいになりそうやけどな」

「そうかもね」

宏の言葉に苦笑しながら同意する春菜。

真琴は席を離れる回数を少なくするため、澪は己の食欲に忠実に、俊和は持って生まれたサービス精神から、こういうときはとにかく一度に種類も量も多数取ってくる傾向がある。

普通のビュッフェならまだしも、網を共有する焼肉の場合、種類的に絶対かぶりが出ることもあり、最終的には誰が持ってきたのか分からなくなる、というより気にしなくなるのがお約束だ。

網に占拠されて置く場所も足りなくなりがちな焼肉ビュッフェの場合、大人数で行くと席に根っこが生える人間が出るのもよくあることであろう。

「まあ、当日は久しぶりに安い肉楽しむわ」

「最近、物々交換でいいお肉ばっかり食べてるもんね」

「牛丼屋とかにもほとんど行かんしなあ」

宏の微妙な楽しみ方を聞いて、思わず吹き出しながらそんなことを言う春菜。

その後、何やら神託をもらったらしいエアリスがアルチェムを伴い、可能であれば連れていってほしいと頼まれて参加人数を増やすことになる宏と春菜であった。

☆

「このチープさが、妙に食欲をそそる……」

そして焼肉当日。

山盛りなどという表現では足りないほど限界いっぱいまで肉を盛りつけてきた澪が、瞳を爛々と輝かせながらそんな妙なことを言う。

なお、食べ放題の店の中には注文できる肉の質で値段が変わるところもあるが、今回はオーダーバイキングではない店ゆえに、値段は客の年齢区分以外では差がつかず、肉も上カルビや上ロースのような上とつく部位はない。

また価格帯も、学生が奮発して入れるくらいの、食べ放題の平均から見ればやや高いが、飲み放題付きの飲み会コースほどは高くないといったところだ。

肉の質もそれ相応で、企業努力によりちゃんとした肉を仕入れてはいるが、どうしても多少のチープさが付きまとう感じである。

「うちらやと、最近はなかなかこのレベルの肉は食わんからなあ……」

「生産者に伝手ができちゃったからね～」

俊和が用意してくれた烏龍茶を手に、肉を観察しながら最近の食料事情をしみじみ語り合う宏と春菜。

その横では、ありえない量の肉に、エアリスとアルチェムが目を丸くしている。

「サイドメニュー、適当に取ってきたわよ」

そう言って、全員から取りやすい場所に皿を置く真琴。

この時点で、米と汁物も含む全てが全員に行き渡る。

「いろいろ取りに行かせて、すまんな」

「いいっていいって。そのつもりでこっち側に陣取ったんだし」

達也にそう労(ねぎら)われ、笑顔で気にしないように告げる真琴。

この種の取り放題の焼肉だと、基本的にメニューの決定権は取りに行く人間が握ることになる。

それを狙ってのことなのだから、礼を言われるようなことではない。

なお、席順としては、トラブル回避のために宏、春菜、アルチェムの三人が壁側の席に座り、残りの一席はいろいろな配慮の結果、達也が座っている。

通路側はエアリス、澪、真琴、俊和の順になっていて、澪は両方の網から獲物をかっさらえることにも喜んでいる。

「じゃあ、焼きはじめよっか」

「ん。お腹減った」

春菜の宣言に澪がのっかり、いただきますとともにどんどん肉が焼かれていく。

「エルちゃんとアルチェムさんって、内臓系は大丈夫だったっけ？」

「私は特に好きでも嫌いでも……というより調理方法によります。ハルナ様が作っておられたもつ煮は美味しかったのですが、さすがにこれは無理、というものもありましたし」

「オルテム村では獣の内臓はごちそうだったので、私は大好きです」

肉と野菜をバランスよく焼きながら、念のために確認をする春菜。

春菜の確認を受け、各々好みを答えるエアリスとアルチェム。

宏と澪があまり内臓を好まないため、二人が使っている網にはホルモンは焼かれていない。

「そういうのはこっちで焼いてるから、必要なら適当に持ってって」

「うん。っと、そろそろ薄切りのバラとか肩ロースが焼けてきてるかな」

火の通りを確認し、てきぱきとひっくり返していく春菜。

奉行をするつもりはないが、トングを預けられてしまったので代表して焼いているのである。

ひっくり返しながら配置を調整し、焼け加減に合わせて食材の場所を入れ替え、空いたスペースにさらに肉や野菜を置いて、と、普段の料理で手慣れた動きを見せて網を管理する春菜。

その対面では、せっかくだからと隣の網でいろんなものを焼きまくる澪の姿が。

そのせいか、早速異変が起こる。

「……おかしいわね」

「どうした？」

「目の錯覚かしら？　肉も野菜も減ってないように見えるんだけど……」

「最初の盛りが多すぎたんじゃねえのか？」

「そうなんだけど……。っていうか、ソーセージの本数、こんなにあった？」

最初に起こった異変は、いくら焼いても減らない肉と野菜という形で現れた。

その時点では目の錯覚ということで焼肉を続け、そろそろ最初に乗せた肉が焼きあがったとき、次の異変が起こる。

「多分もう焼けてるから、好きなタイミングで取ってね」

「はい。……このお肉、とても美味しいです！　これをいくら食べても料金は同じなのですか!?」

「えっ？　ああ、うん。確かにすごく美味しいよ。この値段の食べ放題とは思えないほど……」

第二の異変は、チープな肉がチープではない種類の美味(うま)さに化けていたのだ。

もっともこれに関しては、

「そら、神々の晩餐カンストしとる春菜さんが焼いとんねんから、味よくなるんは当然やろ」

「「「「「あっ……」」」」」

宏の一言であっさり原因が判明するのだが。

「でも、春菜も澪も一切手を触れてないお肉でも、今まで焼肉屋では食べたこともないほど美味しくなってるんだけど……」

「だよなあ」

「東(あずま)先輩は、この現象も予想がついてんの？」

「多分やけど、助手っちゅう扱いになって、スキルの影響下に置かれてもうてんのちゃう？　今までしゃぶしゃぶとかでもそういう兆候あったし」

宏に解説され、そういうものかと納得せざるを得ない真琴達。

実は、高校時代の学祭で作った豚汁やおでんにも、ひそかに神々の晩餐スキルの影響が出ていた。

当時はまだカンストまで至っていなかったことに加え、前日の仕込みは全校生徒の夕食のカレーがメインで当日は調理に携わっていなかったので、高校の学祭で出される料理にしてはすさまじく美味い、という評判程度で済んでいたのである。

今回同じことをすれば、恐らく最低でもどこぞの料理会のトップが巨大化するぐらいの美味に化けること間違いなしだ。

「ヤバいなあ、これ……」

「こんな罠があったとはねえ……」

「つまり、ボクは……焼肉食べ放題はダメ……？」

あまりにも予想外の流れに、美味しい肉なのに、いや、美味しい肉だからこそ美味しく感じなくなってしまう達也、真琴、澪。

特に何も言わないが、春菜と俊和も不安そうである。

今後、学生の財布の友である焼肉や鍋の食べ放題の店が、非常に使いづらくなりそうなのだ。

顔が渋くなるのも当然であろう。

「むしろ、食べ放題に来る必要がない、っちゅうんが正しいかもしれんで」

「師匠、どういうこと？」

「多分歩留まり向上の影響やろうけどな、さっきから肉三枚か四枚焼いて一枚しか減ってへん感じやねん。これが普通の焼肉屋でもおんなじやったら、普通の焼肉屋でも大差ない値段で十分腹いっぱい食えるかも、っちゅうことやん」

「あっ」

宏の解説に、思わず目を輝かせる澪。

肉を取ったらちゃんとスペースが空くというのに、どうやって一向に減らないように歩留まりを増やしているのか。

その理屈は分からないのだが、春菜の畑での収穫と同じだと考えればなんとなく不思議でも何でもないような気がしてくるのだから、慣れというのは恐ろしいものである。

「えっと、つまり食べ放題では、こんなに美味しいお肉は出てこない、ということでしょうか？」

「そうだぜ、エル様。つってもピンとこないだろうから、試しにその唐揚げ食べてみな」

「はい。……美味しいですが、焼肉ほどの感動はありません」

「提供されてる肉も含めて、少なくともこの店は基本そのレベルなんだよ」

「なるほど……」

俊和の説明に、何やら考え込むエアリス。

「えっと、トシカズさん。そのレベルって言いますけど、いくら食べても同じ料金なのにこのレベルの料理が出てくるのって、すごいことなのでは……？」

「うん、まあ、そうだな。因みに、ここは食べ放題としてはちょっと高めの店だけど、そもそも肉をいくら食べても同じ値段ってのが普通に考えておかしいわな」

「そうですね。店としてやっていける以上、利益を出すからくりはあるのでしょうけど、それでも日本が豊かな国だというのはよく分かります」

アルチェムの正直な感想を聞き、異世界の住人なら当然思うであろうことを肯定してみせる俊和。

その俊和の言葉に、王族としての視点で感嘆の声を漏らすエアリス。

たとえ利益を出すからくりがあろうと、それなり以上に広い店の客全員が好きなだけ食べても在庫がなくならないだけの肉。それを毎日確保しているのは、たとえ食べ放題でなくても恐ろしい話である。

ファーレーンでそんなことをできているのは、恐らく宏達だけであろう。

真に恐れるべきは、質を横に置けばこれだけの肉をそれほど安価に提供できる、その生産能力と調達能力なのだ。

「難しい話は置いといて、また今度普通の焼肉屋さんに行って確認しなきゃだね。今度は私と宏君がいない状態で調べたほうがよさそう」

「せやな。澪一人やったら大したことないっちゅうんやったら、普通に食べ放題に来たらええんやし」

「その時の実験台は、やっぱりあたしと達也か俊和かしらね」

「その場合、深雪も巻き込んだほうがいいんじゃね？」

思わぬ確認事項ができたことで、新たな外食計画を立ち上げざるを得なくなる春菜達。

もっとも、現段階で必要以上に細かいことを考えても仕方がないと、今日のところは素直に焼肉を楽しむことにする。

「ん、お肉これで終わり。そろそろデザート？」

「だなあ。っつうか、最初取ってきた量が少なめだった野菜を一回追加した程度で、結局最後まで肉は取りに行かなかったな……」

「そんな日もある」

そう言いながら、別腹を埋めるために立ち上がる澪。

さすがの澪も増量に次ぐ増量のおかげでデザート全種類制覇ができるかどうか、という腹具合ではあるが、全く食べないという選択肢は一切ない。

「エル、アルチェム。まだ食べられるなら、デザート取りに行こ」

「はい、お供します」

「一回ぐらい、取りに行ってみたかったんですよね」

澪に誘われ、嬉しそうに席を立つエアリスとアルチェム。

アルチェムも含む全員の警戒とは裏腹に、特にエロトラブルの類が起こることもなくデザートの確保に成功し、

「……ねえ、師匠、春姉」

「なんや？」

「どうしたの？」

「さすがにケーキ類には、神々の晩餐の影響は出てないよね？」

「そのはずやけどなあ」

「完成品には出ないはずだけど、どうしたの？」

「前に深雪姉に誘われて行ったスイーツバイキングのケーキより、数倍美味しい……」

妙なオチをつけることになるのであった。

第77話 ボク達にはいろんな意味で早すぎた……

「なんかこう、すまんかったな……」

「私もあんまり馴染めなかったというか、すごい無理してた感じになってたから、気にしないで」

十二月二十五日の九時過ぎ、春菜の畑。

大根や人参を収穫しながら申しわけなさそうに謝罪する宏に対し、同じくらい申しわけなさそうに謝罪する春菜。

昨夜は澪のリクエストに応え、綾羽乃宮関係のコネを使い倒してロマンティックなクリスマスディナーを敢行したのだが、その結果はあまり芳しいものではなかったのだ。

なお、潮見の小中学校は昨日が終業式だったので、澪も今日から冬休みに入っている。

「豪華な食事、というだけなら同じようなものは何度もいただいていますのに、昨日はどうしてかすごくぎくしゃくしてしまいましたよね……」

収穫したもののうち出荷する予定の大根と人参の泥を落としながら、そう言うエアリス。

昨日はエアリスも、柄にもなく雰囲気にあてられて妙にアダルトなことを考えてしまい、非常に挙動不審になってしまっていたのだ。

「ボク達にはいろんな意味で早すぎた……」

「そうですね～……」

クリスマスディナーの内容を思い出して、ため息交じりにそんな総括をする澪とアルチェム。

澪の要望により実現したロマンティックなクリスマスディナーは、主に宏のヘタレ具合によりグダグダな展開で終わった。

もっとも、主原因は宏であっても、女性陣もたいがい挙動不審になったうえで無茶なことをしているので、宏一人を責めるのも酷ではあるが。

「正直、日本でのクリスマスっていう単語と一流ホテルのロマンティックな演出っていうものの威力を、甘く見てたよね～……」

「ん。ディナー自体の演出もすごかったけど、そのあと未来さんや雪菜さんの厚意で押さえてもらってた部屋に泊まっていったのが、さらに大失敗だった。さすがに勢いでセクロスするイベント殿堂入りは伊達じゃない」

「澪ちゃん、そういう直接的な表現はちょっと……」

「ボク達が血迷ってやろうとしたことって、ぶっちゃけそういう感じ……」

澪の言葉を否定しきれず、思わずガクッとしてしまう春菜。

澪のセリフから分かるように、今回のクリスマスディナーはディナーだけでなく、やたら雰囲気を盛り上げる演出がなされたスイートルーム一泊までついていたのだ。

言うまでもなく、雪菜と未来の悪ノリである。

なお、悪ノリは部屋だけにとどまらず、ディナーの内容やあからさまな少年法対象を含む複数の女を連れ込んでも問題視されない環境づくりに加え、下品ではないので公道を歩いていても逮捕されないが普通なら余裕でその気になるようなデザインのドレスを作るところにまで及んでいる。

この時、ひそかに澪のドレスが一番エロティックなデザインになったのだが、これも問題視されれない環境づくりの一環だったりする。

それ自体はある意味成功しているのだが、むしろ成功しすぎたために宏がビビってしまい、女性恐怖症の症状など一切出ていないにもかかわらず寝室の片隅に引きこもるという事態を引き起こしたのだ。

現時点では少なくとも澪とベッドインしてしまうといろいろ危険なので、考えようによっては宏の反応で助かったと言えなくもない。

だが、いろいろ台無しになってしまい、宏自身も含む全員にとってダメージが大きすぎるイベントとなったのである。

実のところ、保護者達の悪乗りは服のデザインとスイートルームの予約までで、しかも部屋の予約に関してはどちらかというと夜遅くに中学生を出歩かせないためというのが主な理由だ。

ディナーや部屋の演出に関しては、ホテルの独断だったりするのはここだけの話である。

「そういえば、クリスマスがそういうイベントの殿堂入りっていうのは身に染みて分かったけど、他にもあるの？」

むうっという表情で考え込んでいた春菜が、ふと気がついてそんな質問を澪にする。

すると澪が、こういうことに疎い他の女性陣に対し、我が意を得たりとばかりに解説を始める。

「他の殿堂入りクラスはバレンタインにホワイトデー、初めて彼氏もしくは彼女の家に遊びに行ったとき、初めてのお泊まりなんかが入る」

「全部不可能か終わってるかのどっちかだよね」

「ん。しいて言えば、二人っきりで、って条件なら初めてのお泊まりはどうにかならなくもない」

「私はそれも終わってるんだけど……」

「春姉も、同じ部屋で二人っきりっていうのはないはず」

「あ〜、確かにそうかも」

澪に指摘され、言われてみればと納得する春菜。

言うまでもないことだが、澪のその手の知識はエロゲ中心の非常に偏ったものであり、しかも春菜相手ということで割と誇張して言っている。

口実になりやすいという意味では澪が挙げたイベントは確かに殿堂入りかもしれないが、実のところ恋愛もののエロゲでも、クリスマスやバレンタインで初体験という流れのものはそんなに多くはない。

舞台となる季節がクリスマスやバレンタインのシーズンとは限らない、というのが最大の理由だが、舞台がその手のイベントシーズンであっても、告白に成功して両想いになった瞬間や数回目のデートで勢い余って、といった感じの流れが割合としては多かったりする。

エロゲだから、なのか、エロゲですら、なのかは意見が分かれるところだろうが、誇張されている創作でそういう感じだと考えると、現実は推して知るべしであろう。

「あの、ハルナさん、ミオさん。無茶しすぎだって反省してる最中に、そういう話をするのはどうなんでしょうか……」

「そうなんだけど、むしろ同じこと繰り返さないために、ありがちなシチュエーションは押さえておこうかな、って……」

「なあ、春菜さん。自分で言うとって、無理あると思わんの？」

「うん、かなり……」

アルチェムの疑問に対する答えを宏に突っ込まれ、顔を真っ赤にして視線を逸らしながら素直に認める春菜。

百パーセントの言い訳でもないが、同じことを繰り返さないためというのが本音の何割かと聞かれると、非常に心もとない数値になる自覚がある。

「ねえ、師匠。春姉のは言い訳くさいけど、実際問題ある程度気にして把握しとかないと、まず確実に同じ惨劇を繰り返す」

「何っちゅうか、ほんますまん……」

「別に師匠が悪いわけじゃない」

こういうのは自分の役割、とばかりにきつい上に否定できないことを言う澪。

その言葉にガクッとへこむ宏を、淡々と澪がフォローする。

もともと、法的なものだけではない様々なリスク回避のために、現時点で澪とエアリスに手を出すのは絶対アウトというのは全員が合意している事柄だ。

それを忘れて一線を越えそうになる時点でヤバいので、惨劇が起こるかどうかに関係なく可能性は把握しておかねばなるまい。

「で、今考えても仕方がないことは置いといて、年末年始の予定、もう一度確認しておきたい」

「せやな。っちゅうても、年末は大したことせえへんで」

「そうだね。せいぜいおせち作って軽く忘年会っぽいことするぐらいかな？」

「年始はこっちと向こうに挨拶回りやな。ついでに、エルの絡みで決めなあかんことがあったら決める感じか」

「はい。といっても、実のところ正式に話し合って決めることは、それほどありませんけど」

宏の言葉を受けたエアリスの補足に、澪がきょとんとした表情を浮かべる。

「そうなの？」

「はい。せいぜい、無関係な他国から横やりを入れられないように、婚約者として正式な書面を交わしておく程度ですね」

「その程度で大丈夫なの？」

「神との契約を形として残すのですから、ただの書面ではありません。作業としては紙一枚に婚約の事実を記載して署名するだけですが、アルフェミナ様をはじめとした神々の立ち会いのもと行われる契約です。正当な理由もなしに横やりを入れれば、当然神罰の対象となります」

「アルフェミナ様が、ガチすぎる……」

わざわざ立ち会うという話を聞いて、思わず乾いた声でうめく澪。

力関係についてはなんとも言えないにしても、経歴的には格下もいいところである宏に対し、そこまでして己の巫女(みこ)を嫁がせようとしていることには正直引いてしまう。

「あとは、成人式があるよね」

「ああ、そういえばあったなあ」

「春姉が成人式でどんな服着るのかが気になる。やっぱり振袖(ふりそで)？」

「特に考えてなかったけど、多分スーツかな？」

「着物は着付けが結構手間やからなあ……」

「うん。自分でできなくはないけど、手間を考えるとね。なんというか、一回着ればもういいかな、って気分」

成人式の話題になり、澪に服装について振られて思うところを正直に告げる春菜。

さらに春菜の場合、ぱっと見はどこからどう見ても欧米系の容姿と体形なので、着物を似合うように着こなすにはいろいろ工夫が必要なのも、なんとなく振袖に積極的になれない理由である。

なお、着こなすのに工夫が必要という点に関しては、一部は澪にも共通する。

「春姉。初詣も、普段着で？」

「うん。前に初詣で一回着たから、もういいかなって。私達は神界にも行くことになるし、ね」

「どうせそっちで神衣に着替えんねんから、詣でるときの服なんざなんでもええで」

澪の疑問に、割と身も蓋もない感じでそう答える春菜と宏。

そのやる気なさげな態度が、神界へ行くときの二人の気持ちを雄弁に語っている。

「っちゅうかそもそも、参加しとる神様自体、結構な割合で全裸やったりキメラ全開やったり名状しがたい何かやったりするんやから、服装なんかどうでもええんやで実際」

「だよね～……。っていうか、あの宴会に参加するのに、ちゃんとした格好で行くのってかなり馬鹿らしい気分になるよね……」

「ほんまになあ……」

神界の新年会で見せられる、敬意も信仰心も根こそぎ持っていかれる光景を思い出しながら、うんざりした様子でぼやく宏と春菜。

それぞれ違う文明圏から来ているので、行動基準が違うのは致し方ないところではある。

が、揃いも揃って限度をわきまえずに酒を飲んでは酔っぱらって碌でもない行動を起こすのだから、たまったものではない。

神々ですら悪酔いしたときのダメな行動は文明の違いを超えて共通するのだから、飲酒禁止の戒律を持つ宗教が多いのも納得である。

「去年はまだ見逃してもらえたけど、今年はホンマ面倒くさいのに絡まれまくったもんなあ……」

「あれのおかげで私、いろいろ制御が甘くなってすごいことになったよね……」

「春菜さんの因果律撹乱体質は、気分とか体調とかの影響もでかいからなあ」

今年の新年会でたくさん起こった、笑えるけど笑えない類のハプニング。それらを思い出しながら、死んだ目で愚痴を続ける宏と春菜。

酔って酒を強要してくるぐらいならまだましで、なかには素面なのに酔ったふりをして脱がそうとしてきたり、神々にしかできないような肉体構造を無視した妙なポーズをやらせようとしてきたりと、奇行に走る神が多数いたのだ。

その大部分がなんでそうなるのか分からない流れで次々と発生したハプニングに巻き込まれ、春菜たちに強要しようとしたことが自分に降りかかってくる結果に終わったのは、間違いなく春菜の体質が暴走していたからだろう。

その惨状に我関せずと大人しく交流を続けていた外宇宙から来た名状しがたい姿の神々が、会場にいた神の中で最も礼儀正しく常識的だったところが、いろんな意味で救えない話である。

「新年会、よく考えたらもう来週だよね……」

「どうにかして不参加………っちゅうわけにはいかんやろな」

あまりにも参加するのが嫌で、そんな話を続ける宏と春菜。

結局この日の収穫作業は、内容こそ違えど最初から最後まで微妙な空気のまま終えることになるのであった。

☆

「おっせち、おっせち」

大晦日当日。藤堂家の厨房。

明日は初詣と新年会があるというのに、春菜が妙に機嫌よくおせち料理を作っていた。

「ねえ、春菜。なんでそんなに上機嫌なのよ？」

料理の勉強もかねて手伝いをしていた真琴が、機嫌が良い理由を聞く。

なお、宏は澪とともに年越しそばを打っており、この会話には参加していない。

「私と宏君、明日の新年会に顔を出さなくてよくなったんだ」

「へえ？　それはまたなんで？」

「今年の新年会で私達に性質の悪い絡みかたした神様達がね、今年一年いろいろ不運に見舞われたらしくてね」

「ああ、なるほどね。ってことは、そのとばっちりを受けた無関係な神々がなにか働きかけた、ってところ？」

「うん。私がコントロールできるようなことじゃないから気にしてもしょうがないんだけど、どうもひどいところになると神話単位で不幸続きだったみたいでね」

「そりゃ、参加させないように、って話になってもおかしくはないわね」

「だよね」

事情を聞いて納得しつつ、神々の世界も大変だとしみじみ思う真琴。

因果律の撹乱なんて影響のでかい権能を、本人にも制御不能な『体質』という形で持っている新神が現れたのだ。

恐らく後始末には大層苦労したであろうと思うと、心底同情したくなる。

「まあ、その代わり、今度各神話の女神様だけが集まる女子会的な感じのパーティには参加しなきゃいけないんだけどね」

「へえ。なんだか、それはそれでドロドロしてそうねえ……」

「多神教だと、どの神話でも結構女神様同士で陰湿なことやりあってるからね～」

真琴の正直な感想に、苦笑しつつ同意する春菜。

特にギリシャ神話などは男神女神関係なくそのあたりが露骨だが、日本神話にせよ北欧神話やインドの神話にせよ、多神教の神話には人間味あふれるくだらない理由で陰湿な喧嘩（けんか）をしているエピソードがごろごろ転がっている。

内部ですらそうなのだから、外部交流となるとどんなことをやりあうか予想もつかない。

「で、その女子会っていつよ？」

「確か、一月末だったかな？　で、その前に天音（あまね）おばさんの仲介で天照大神（あまてらすおおみかみ）と弁天（べんてん）様、それからあと二柱ほどの女神様と、その件で打ち合わせみたいなことをやるんだよね」

「なかなか大事みたいね」

「まあ、打ち合わせっていってもお茶会でどんな話をするのかってことより、むしろ右も左も分かってない新米にいろいろと暗黙のルールやマナー、触れてはいけない各神話の地雷なんかを教えるのが本題らしいんだけど」

「ああ、それは重要ね……」

春菜の説明に、真剣な表情で頷く真琴。

深刻な対立というのは、大抵そういったことを軽視した結果起こるものである。

しかも、宏と春菜の場合は新しい神話の主神となることが確定しており、いずれ各神話の主神やフェアクロ世界以外の異世界の神々と外交をせねばならなくなる。

そのあたりを誰かが教育しなければいけないのだが、そもそも指導教官自体が特殊枠であり、宏と春菜に彼の真似をされると周囲が困る。

特に困るのが、二人してやろうと思えばできてしまうところなので、この件に関しては絶対に指導教官に関わらせてはいけない、というのが地球上の神々の総意である。

なので、神話体系としては宏と春菜双方の源流であり、かつ、住んでいる場所もばっちり守護範囲である日本神話の皆様がそのあたりの教育を受け持つことになったのだ。

要は、天照大神が貧乏くじを引かされたのである。

「宏はその手のお茶会やら打ち合わせやらはないの？」

「現在調整中だって。そもそも、創造神の誕生自体が何万年ぶりとかそういう感じらしいし、すでに新しい世界を造り始めてるっていうのはひそかに初めてのケースらしいから、公的な扱いをどうするかとか結構揉めてるみたい」

「いろいろ難しい話があるのね」

「みたいだよ。まあ、さすがに神化してまだ一桁年数の新米に、そこまでいろいろは求めるつもりないとも言ってたけど」

「あんた達も大変だけど、他の神様達もいろいろ大変なのねえ……」

黒豆と並行して伊達巻を作りながらの春菜の話に、紅白なますを作りながらしみじみとそんな感想を漏らす真琴。

恐らくだが、異世界に飛ばされて主神クラスに神化した挙句、わざわざ人間として地球に戻ってきたこと自体が前代未聞なのだろう。

「女子会が一月末だってことは、打ち合わせは年が明けてすぐくらい？」

「そこまで早くはないかな。天照大神をはじめとした三貴神の方々もお正月は忙しいし」

「ああ、そりゃそうよね」

「だから、早くて成人式終わったその足で、って話になってるよ」

「余裕があるようで慌ただしい日程ねえ」

「成人式のために略式とはいえ一応正装してるから、かしこまった服装をするのが一回で済むという面では悪くはないよ」

「あ～……」

手際よく伊達巻を巻きすで巻きながらそう答える春菜に、そういう考え方もあるかと納得しつつ水にさらしていたサツマイモの水切りを行う真琴。

この後くちなしの実と一緒に煮て、栗きんとんにするのだ。

なお、言うまでもないことかもしれないが、今作っている料理、卵と栗以外の食材は全て春菜の畑で収穫したものである。

「あっ、真琴さん。栗きんとん終わったら、鶏肉八幡巻き作ってみる？」

「八幡巻きって、確かいんげんとか人参とか巻いてるやつよね？　難しくない？」

「それほどでもないよ。開き方にちょっとコツと工夫がいるけど、基本的には一度野菜を鶏肉で巻いてタコ紐で縛って、そのまま焼くだけだから」

「下ごしらえは？」

「うちのレシピだと野菜を巻く前に鶏肉をタレに漬け込むのと、野菜を下茹でして火を通しておくぐらいかな？　鶏肉の漬け込みは昨日の晩にやっておいたから、あとは野菜茹でて巻くだけだね」

「なんか、あたしがやるとばらけそうね……」

「それはそれでいいんじゃない？　どうせ食べるの私達なんだし」

「いや、さすがにおせちでそれはちょっとどうかと思うんだけど……」

「何事も経験だよ」

初めて行う割と手が込んだ料理に、思わず腰が引ける真琴。

そんな真琴を、容赦なく春菜が追い込む。

その後、どうせ澪用に大量に作るからと一本だけ試作した結果、切り分けた際に半分だけばらけるというある意味器用なミスをして、大いに凹むことになる真琴であった。

☆

「今年ももう、終わりやなあ」

藤堂家のダイニングで年越しそばをすすりながら年末恒例の歌番組を見ていた宏が、大トリとして雪菜が出てきたのを見て、そんなことをぽつりと呟く。

なお、現在ダイニングには宏と春菜のほかに、真琴、澪、達也、詩織の四人がいる。

菫は現在熟睡中なので、隣の部屋でいつきが付いている。

詩織がそばを食べ終えたら交代する予定だ。

余談だが、深雪は潮見高校で作った友人の頼みを受け、現地で雪菜のステージを見ている。

「今年もいろいろあったけど、どっちかっていうと大人しい感じだったかも？」

「せやなあ」

ダシを吸ったかき揚げをかじっていた春菜が、口の中のものを飲み込んでから今年一年をざっくりと総括する。

それに頷きながら、雪菜のステージを見るとはなしに見る宏。

毎年のことだが、雪菜のステージは他の出演者のものに比べて非常にシンプルだ。

そのため、否応なく歌に聞き入ることになる。

「なんだか、今年の紅組はお母さん以外、全体的になんとなく小粒だった気がするよ」

「だなあ。まあ、紅組は白組の倍ぐらいの人数、ベテランが抜けてるからなあ。ある程度は仕方がないんじゃないか？」

「ん。紅組の場合、去年と違って某アイドルゲームの中の人グループがいないのも大きい」

「視聴者投票だからどうしても組織票とか入るとはいえ、人数でごまかす系のアイドルだけで投票枠六枠全部埋まっちゃってるのはきついわよねえ」

「話題になった歌手枠の子達が、萎縮しちゃってる感じだったのがかわいそうだったよね～」

「なんぼなんでも演歌の大御所ぶつけたり前後にセット系とかど派手なキンキラステージ系とか突っ込むんはひどいわな」

雪菜の歌が終わったところで、番組全体の感想を好き勝手に言う春菜達。

このあたりのにわか評論家が勝手な評価を言いまくるのも、ある意味で大晦日の風物詩と言えよう。

一時に比べて運営や選定基準が透明化されたこの歌番組は、なんだかんだと言いながらも大晦日の顔として、それなりの視聴率で生き延びている。

なお、同じ歌番組でも大賞を決めるほうは、十年ほど前にいつの間にか自然消滅していたりする。

これに関しては、雪菜が新曲を出すと売り上げトップがその曲に持っていかれる、複数出せば出した曲が出した順に並ぶ、という状況が結構長く続いてしまい、どうやってもやらせ感を拭えなくなったのが最大の原因だと言われている。

雪菜を殿堂入りにして対応しようとしたこともあったのだが、では他の曲はというと、スバルのいるブレスなどの一部のバンドやアーティストが一年の前半に新曲を出してくれないと雪菜に食われて存在感がないことが多かった。

こうなった最大の原因は、正面からでは勝てないからと売り上げ確保のために握手券だのなんだので釣る商法に走ったことであり、地味な研鑽で状況を打破しようとしなかった業界の自滅としか言いようがない。

似たような不祥事がいろいろあった二つの番組だが、きれいに明暗が分かれたと言えよう。

「にしても、今年の大晦日は平和ねえ」

「言われてみれば、今年の年末は私達がクリスマスで自爆した以外、本当に何もなかったよね」

「普通に生活してても、年末年始ってのはなにかとトラブルが起こりがちだしなあ。こんなにのんびりできるのって、案外珍しいぞ」

「うんうん。何もなくても、帰省とか親や親戚が来たりとかでバタバタするしね〜」

「っちゅうても、うちらの場合は普通の生活っちゅうんと外れとる気もするで」

「ん。特に師匠と春姉は、普通とは言いがたい感じだった」

澪に指摘されて、渋い顔で頷く宏。

そもそも神になってしまっている時点で普通なわけがないのだが、それを踏まえても去年と一昨年は容赦がなさすぎる気がしてならない。

「っちゅうか、よう考えたら去年の年末、真琴さん一人だけ平和やった気ぃすんなあ」

「何のことかしら?」

宏に指摘されて、思わず目を逸らしながらしらばっくれる真琴。

娘が生まれてバタバタしていた香月夫妻に様々な発明品の論文で忙殺された宏と春菜、未来に専属モデルとしてひたすら着せ替え人形にされ続けた澪と、真琴を除く全員が何らかの形で年をまたいでも忙しい思いをしていた。

そんななか、真琴は特にこれといった用事もなく、特に漫画を描くでもなくのんびりと年末年始を過ごしていた。

無論、全く何もしていないわけではなく、菫の世話をはじめ他のメンバーの手伝いをできる範囲でやってはいたが、真琴特有の事情で手を取られることは特になかったのだ。

「真琴姉、即売会とかはいいの？」

「今、あのペースに体慣らしてるところ。さすがに他のことやりながら夏と冬の二回、納得いくクオリティで描くにはちょっと鈍りすぎてるのよ」

「その言い分は分かんなくもないけど、真琴姉の納得いくクオリティってどのレベル？」

「ん〜、いくら薄い本っていってもあんまり薄いのは物足りないから、最低でも四十八ページ以上かつ向こうで描いてたのよりちゃんとした内容のやつにしたいわね。欲を言うなら、客寄せ用の十八禁と本命の九十六ページぐらいの一般向けを用意したいところかしら」

「ねえ、真琴姉。壁でもないサークルの本番なしのオリジナルなんて、分厚くして売れるの？」

「まあ、売れないでしょうね」

澪の厳しい突っ込みに、あっさりそう認める真琴。

本の分厚さがどうとか以前に、そもそも一般向けのオリジナルで勝負すること自体が茨の道だ。

その道の険しさは、少々クオリティが高い程度で乗り越えられるものではない。

それどころか、島サークルとして参加した場合、世代を超えて愛される人気作を持っている漫画家ですら、下手をすれば討ち死にしかねないほど厳しい道のりである。

過去の経験でそのあたりを知り尽くしていることもあり、真琴は何一つ楽観していない。

「売れないと分かっててやるの？」

「幸いにして、あたしはお金には困ってないもの。下積みだと割り切って、クオリティ上げながら数こなすことをメインにがんばるわ。この手の娯楽産業なんて、基本的にそんなもんでしょ？」

「そうかも」

「あと、向こうであんた達と一緒にいて、つくづく思い知ったことがあるのよね」

「何？」

「どんなことでもセンスだけでやっていくのは限界があるってこと。やっぱり、下積みをコツコツやるのって大事だわ」

しみじみと漏らした真琴の本音に、思わず真顔で頷く一同。

宏や春菜、澪は自身の経験として頷くところではあるが、達也や真琴、詩織からすると、どちらかというとファム達の進歩でそれを感じる。

「だから、早い段階で結果につながればそのほうがいいけど、あんまり焦ってやる気はないのよね」

「そうだね。真琴さんはそれでいいんじゃないかな？」

「まあ、あんまり芽が出ないようだったら、諦めて大人しくコネで仕事もらうことにするけど」

「うん。その時はどんどん頼ませてもらうね」

あっけらかんと言い放った真琴に、真顔でそう告げる春菜。

こんな言い方をしているが、実のところ真琴は別にコネで仕事をもらうのが恥ずかしいと思っているわけではなく、単に全部頼り切るのはぬるま湯すぎて情けないという感覚があるだけである。

なにしろ、インターネットの発達と普及によって昔より大幅に楽になったとはいえ、イラストやデザインの仕事というのはコネがないと、頼むのも受けるのも結構難しい。

特に一般人や個人企業などが発注する場合、知らない相手だとなんとなく心理的なハードルが高く、最初の一回がなかなか踏み出せないことも多い。

そもそもどんな業種であっても、適正な価格と契約内容で受発注が行われるのであればコネで仕事を受けるのは何ら悪いことではないが、特に才能が重視されるこの種の業種はコネでの受発注を悪だと否定されると双方が困ることになるだろう。

「で、真琴姉。そのあたりはよく分かったんだけど、活動再開はどういう予定で考えてる？」

「一応、来年の夏の申し込みだけはしておいたわよ。あたしみたいな普通の個人サークルの場合、まず通るかどうかが最大の関門だけどね」

「それはよく聞く」

茶目っ気たっぷりにそんなことを言う真琴に対し、憧れの色を目に浮かべながら頷く澪。

漫画やアニメで定番ともいえる即売会だが、残念ながらと言うべきか当然と言うべきか、澪は一度も参加したことがない。

そのせいか、澪は同人誌即売会、それも特にサークル参加に妙な幻想と憧れを抱いている。

今や人間の領域を超えた健康体になっているため、少なくとも一般客として参加する分には年齢（もっと正確には保護者の許可）以外に障壁はないのだが、その憧れが足を引っ張ってか、いまだに参加しようと考えたことは一度もなかったりする。

「あっ、そうだ。ねえ、澪。あんたも来年高校生だし、もし申し込みが通ったら売り子手伝ってもらってもいい？」

「えっ？　ボクがサークル参加？」

「嫌かしら？」

「嫌っていうか、ボク、衣装デザインが多少できるぐらいで、物語とかそっち方面のクリエイティブな才能は壊滅的だから……」

「いや、売り子にその手の才能って特に関係ないし」

「でも、ボク、基本的に上から目線で好き放題ディスることしかしてきてないから、サークル参加とか即売会に対する冒瀆じゃ……」

「言っちゃあなんだけど、バイト代もらえるって理由だけで売り子手伝ってる人間なんていくらでもいるわよ。即売会は確かに交流の場としての側面も強いけど、サークルの主催者はともかく、売り子とかの手伝いだけで参加してる子だと、そこまで深く考えてる子はそんなにいないわ」

なんとも思い詰めた感じで大げさなことを言い出した澪に、思わず呆れたようにそう突っ込む真琴。

実際問題、参加者数が売り手買い手を合わせて期間中の延べで数十万人に達するイベントで、サークル側の参加者全員がそんな崇高な意識を持って参加するなど不可能だろう。

澪に気を使って主催者はともかく、などと言ったが、即売会を金儲けの場、同人誌を金儲けの道具としか見ていないサークル主催者だって真琴は何人も知っている。

澪のそういう妙なことで真面目で純真なところは尊いしそのままでいてほしいところだが、究極的には単なる大規模な販売イベントにすぎないのだから、真琴的には同人誌即売会ぐらい気楽に参加してもらいたいと考えている。

「まあ、この話は来年、当選したらでいいんじゃない？　今話しても、単なる皮算用だし」

「ん」

　真琴の言葉に素直に頷く澪。

　なお、このフラグ満載の言葉によるものか、それとも澪の気持ちに春菜の体質が忖度したのか、真琴が大規模同人誌即売会に当選するのは二年後の冬となり、諸般の事情で澪のサークル参加は流れる羽目になるのだが、現時点では当然誰も知る由もない。

「そーいや、話してるうちに結果をスルーしちまったが、歌合戦はどっちが勝ったんだ？」

　割とどうでもいい話に夢中になっている間に、いつの間にか終わっていた歌合戦。その結果を、今更のように達也が気にする。

「さあ？　私もお母さんがカウントダウンライブのために慌ててハケたとこまでしかちゃんと見てなかったし」

「ねえ、春姉。毎年カウントダウンライブやってる人を大トリに持ってくるって、無茶もいいところだと思うんだけど……」

「今年はホールから一番近い会場かつ、天音おばさんと宏君の合作の新型ゲートで移動時間短縮をやってるから、ちょっときわどいけどなんとかなるかな」

「新型ゲートって、どんな？」

「あんまり公にできないんだけど、移動先に障害物がなければ出口を置いてなくてもゲートを開けるようになったんだ。ただ、がんばっても歌合戦の会場からドームぐらいまでの距離しか移動できないんだけどね」

「春姉、それって……」

「うん。まだ問題はいっぱいあるけど、みんなの夢のアイテム、どこでもなんとかってやつだね。まあ、まだ試作二号機だから、試作のための試作って感じからは抜け出せてないけど」

春菜の言葉に、思わずぎょっとした顔で宏と春菜の顔に何度も視線を往復させる一同。

移動先に障害物がなければ自由にワープできるだなんて、危険物以外の何物でもない。

「いやまあ、いずれ作るだろうとは思ってたんだけど、このタイミングで？　とか、よりにもよって宏と一緒に？　とか、いろいろ突っ込みたいところがあるわね……」

「むしろ、突っ込みどころしかないよね～」

真琴のぼやきに詩織が同意する。

こういうとき全力で突っ込みに回るのが仕事の達也は、完全にオーバーフローして沈黙している。

あまりにいろいろ飛躍した内容のため、そんな機密事項の塊をたかが一歌手のコンサートのために使っていいのか、という追及は完全に意識から零れ落ちていた。

「まあ、ネタバレするとやな、先月アメリカでテロあったやろ？」

「……ああ。結構あっちこっちの重要施設が襲撃されたやつだよな？　人的被害はなかったからって日本じゃあんまり話題になってねえが……」

「あれで現物一個パクられたらしくて、ヤバげなところにそれが流出した感じでな。先手打って実用化してもうたほうが安全やって判断になってんわ」

「……そういう理由かよ……」

宏がネタバレした内容に、思わず頭を抱える達也。

現物をばらした程度でどうにかなるほど簡単な技術ではなく、また、盗まれたと分かった時点で遠隔操作で爆破しているので大した情報は漏れていないだろうが、それでも破片程度でも現物を手に取れば分かってしまうことはいろいろあるものだ。

そもそも公表された論文と完璧な製品が手元にあってさえ、試験機を作るだけでも半世紀は基礎研究が必要な代物ではあるが、それでも一切対策なしというのはあまりにも能天気すぎる。

可能であるなら、新規技術として開発発表して牽制に走るのは当然である。

「ねえ、宏、春菜。思ったんだけど……」

「うん。平穏かっていうと微妙だっていうか、実はそんなこともなかったり……」

「まあ、こっちに降りかかってくるんはもっと先の話やろうから、今の時点では平穏は平穏やな」

ジト目で突っ込みを入れようとした真琴に対し、しれっとそんなことを言い返す春菜と宏。

そこで、テレビから除夜の鐘が聞こえてくる。

その音に、思わず沈黙してしまう真琴。

他のメンバーも、とりあえずは鐘が鳴り終わるまで黙ることにしたらしく、なぜか全員背筋を伸ばして鐘の音を聞くことに。

「年が明けたね」

「あけおめやな」

「うん、あけましておめでとうございます」

除夜の鐘が鳴り終わり、日付が変わったことを確認した春菜と宏が、何事もなかったかのように新年の挨拶をする。

「ん、あけおめことよろ」

「なんかごまかされた気がしなくもないけど、あけましておめでとう」

「「あけましておめでとうございます」」

春菜と宏に澪がのっかった時点で、諦めて新年の挨拶モードに切り替える真琴。

そんな真琴の気持ちを察して苦笑しつつ、自分達も挨拶をする香月夫妻。

「多分今年もいろいろあるやろうけど、一年、よろしくお願いします」

「とりあえず、いろいろ諦めたわ……」

「ん。今回の話は教授が矢面に立ってくれてるだけ、まだボク達への影響は少ない」

「うん。だから、私も割とのんきに構えてる感じ？」

春菜の一言で、年長組の間になんとなくまあいいかという空気が流れる。

「さて、時間的にもちょうどいいし、そろそろ詩織さんは菫ちゃんのところに行ってあげて」

「そうだね。思わずのんびりしすぎちゃったけど、いつまでもいつきちゃんにお願いするのも申しわけないしね～」

「そういえば、春姉。新年会に参加しなくてよくなったのはいいとして、初詣はどうするの？」

「初詣自体は、去年までと同じかな」

そのまま、空気が変わらぬうちにと、このあとの話をさっさと進める春菜。

こうして、いつものように波乱含みのまま、年越し自体は平穏に終わるのであった。

第78話　正直、本気の姿見せつける前に帰りたい……

「よう、東。久しぶりだな」

「せやな。前は花火の時やから、半年ぐらい空いてもうたか」

成人式当日。

式が終わったあと、会場で一人誰に声をかけるかと物色中の宏に、田村が声をかける。

なお、春菜は現在、電話で天音を介してやんごとない方々と話し合い中だ。

「春菜さんの話聞く限りでは、中村さんとは順調に進んどるみたいやん」

「まあ、学生の恋愛だから、このまま結婚ってとこまで進むかどうかはなんとも言えないけどな」

美香と楽しそうに話す蓉子を見ながら、そんなことを言う田村。

言っている内容とは裏腹に、そのまなざしに浮かぶあふれんばかりの愛情を見ていると、普通にこのままゴールインしそうな気がして仕方がない。

「で、そっちのほうはどうなんだ？　前聞いた話や山口から聞く近況からするに、なかなかややこしいことになってるっぽいけど」

「まあ、ボチボチっちゅう感じやな」

田村から振られた話に、答えになっていない答えを返す宏。

実際にはぼちぼちどころか、カメの歩みのような進展をした結果、かえって身動きが取れなくなっているのだが、そんなことをわざわざ田村に言う必要もない。

なので、どうとでも取れる答えを返したのだ。

「で、このあとの会には参加するんだよな？」

「春菜さんは用事入ってもうたから、参加できんの昼飯だけやけどな」

「そうなのか。まあ、藤堂（とうどう）さんも東も、すごく忙しそうだしなあ」

「教授いわく、これでも取材の類（たぐい）が学内の分だけやからマシなほうらしいわ」

「へえ、そういうもんなんだ？」

「らしいで」

ピンときていない様子の田村に、分かっているような分かっていないような表情でそう告げる宏。

天音や雪菜（ゆきな）を見ていれば、取材や芸能界関係の仕事が絡んでくれば今よりさらに忙しくなることくらいは普通に察せられる。

だが、実際に自分の身に降りかかっていないので、どうにも実感がわかないのが現実である。

「まあ、なんにしても、僕は今日は最後まで付き合うから」

「ああ、了解。どうせすぐ顔合わせるけど、一応幹事にそう言っとくわ」

宏の予定を聞き、幹事にメッセージを飛ばす田村。

そこに蓉子と美香、山口の三人が寄ってくる。

「お久しぶりね、東君」

「春菜ちゃんとはちょくちょく会ってたけど、東君とは本当にご無沙汰だったよね～」

「せやな」

顔を合わせて早々に挨拶をしてきた蓉子と美香に、田村に向けたのと同じような笑顔を向ける宏。

それを見て、どことなくほっとした様子で山口が口を挟む。

「忙しいのは分かるが、それ踏まえても最近恐ろしく付き合いが悪かったが、何かあったのか？」

「何かっちゅうと？」

「いや、美香が藤堂を誘ったときにずっと東が不在だったたし、最近は学食にも顔を出す頻度が下がってたしで、な。何かとてつもない厄介事に巻き込まれているのではないかとか、恐怖症がぶり返していよいよ藤堂達以外の女は無理になったのかとか、いろいろ心配になってな」

「心配せんでも、単純にまだ表に出せん案件で修羅場っとっただけや。あと、年明けからは今日のためにいろいろ準備しとってな。その関係でもなかなか手ぇ空かんかってん」

「準備？」

「別にドッキリとかするような内容やないからネタばらしすると、うちの会社で野菜の宅配事業やることになってな。その試供品とチラシをこのあとの同窓会でばらまこう思って用意しとってん」

宏の説明に、なるほどと頷く山口達。

宏は特にどこの野菜と言っていないが、宅配するのは間違いなく春菜の畑で収穫した野菜だろう。

「そういえば、親戚に送りたいけど、道の駅には残ってないってうちの両親が言ってたわね」

「従姉が道の駅に勤めてるんだけど、アズマ印の野菜は入荷分が並べ終わって五分も経たずに売り切れるって言ってたよ。おかげで他の野菜も引っ張られてすごくよく売れてるみたいだけど」

「私達は春菜からもらってるからピンとこないけど、ネットですごい話題になってるようね」

「らしいなあ」

蓉子と美香の言葉に、少し遠い目をしながら頷く宏。

売上金額でも規模や影響の面でも、畑の産物としては酵母や潮見（しおみ）メロンほどのインパクトはない野菜達だが、あくまで比較対象の問題で、単体で見ればかなり大きな話になっていたりする。

最近では蓉子と美香が言ったように道の駅に並ぶと同時に即売れする状況で、一般人は他の入手手段がないこともあって、もっと流通量を増やしてくれという要望が山のように届いている。

が、それを受けて素直に出荷量を増やそうにも、すでに道の駅はキャパいっぱいまで出荷している。かといって、スーパーなどに卸すと、あっという間にブランド価値がなくなる。

それらを踏まえて、若干値上げしたうえで送料を乗せる形で宅配することにしたのだ。

「しかしこう、学生ベンチャーなんぞ腐るほどあるやろうけど、家庭菜園をきっかけに新種のメロン作ったり妙な酵母発見してバイオ方面に展開しとるんは、さすがに他になさそうやなあ……」

「新種のメロンは偶然起こる可能性が絶対ないとは言えないけど、酵母なんかはそれ専門で研究してなきゃどうやって発見するんだって話になるからなあ……」

遠い目をしたままの宏の言葉に、苦笑しながらそう同意する田村。

新種の何かを発見したことをきっかけに立ち上げた、というバイオ関連の学生ベンチャーは結構多いが、それらは全部卒研などの研究中に発見して、というのが普通であり、あまりに妙なことが頻発するから畑の土や作物を顕微鏡で調べてみたら何か変なのがいた、という春菜のケースは滅多に起こることでないだろう。

「まあ、酵母に関しては、基礎研究以外はうちらの手ぇ離れそうやから、あとは基本、特許収入と酵母液そのものの売り上げで左うちわ、っちゅう感じやな」

「あの手のバイオ関係って、一山当てたらすごいお金になるっていうものね」

「そのかわり、そもそも新種当てるん自体が、宝くじ一等当てるぐらいの確率らしいけどな」

「そりゃまあ、そうでしょうね」

言わずもがなな宏の言葉に、苦笑しながらそう答える蓉子。

そうそう当たりを引けるようなら、微生物で億万長者だらけになっている。

「にしても、春菜ちゃん遅いね～」

「まだ話が終わらないのかしら」

「東は何の話してるか知ってるんだよな？」

「守秘義務で言われへん類やけど、一応な。聞いとる内容的に、多分もうちょいかかると思うわ」

守秘義務を盾にとっていろいろごまかしながら、そう告げる宏。

思えば言えないことも増えたものである。

「しかし、何っちゅうかこう、受験生やっとった頃はこんなに守秘義務でがんじがらめになるとは思わんかったわ……」

「普通の大学生は、守秘義務で言えない類の事情なんて滅多に抱え込まないからなあ」

「さすがにゼミに入ればそうでもないのだろうが、それでも妙なバイトにでも手を出さん限りはそこまでガチガチに縛られたりはしないだろうな」

なんとも言いにくい顔で妙なことをぼやく宏の言葉に、生温(なまぬる)い視線を向けながら同意する田村と山口。

さすがに大学生にもなれば、バイトなり研究室なりで守秘義務を背負うこと自体は珍しくなくなってくる。

しかし、研究関連はともかく、バイトでそこまで厳しい義務を背負うことはあまりない。

というより、東工作所での春菜みたいな例外を別にすれば、まともな経営者なら漏れたら致命的になるような情報をバイトに握られるようなことはしない。

なので、宏のように言えない話ばかり積み上がっていくような状態になる大学生は、少数派もいいところだろう。

さらに宏と春菜の場合、迂闊にしゃべれない情報を自分からどんどん作り出しており、そのペースと漏れたときのヤバさが類を見ないレベルになっている。

さすがにこんな大学生がごろごろしていたら、そのほうが誰にとっても困るだろう。

「ところで、配る予定の試供品には何が入ってるの？」

「玉ねぎ、人参、ジャガイモのカレーセットとアレンジがしやすくてそないかさばらんえんどう豆とかマッシュルームとかやな」

「かさばらないって、えんどう豆はさやに入った状態だとかなりかさが高いと思うんだけど？」

「豆類は基本、さや剥いて新技術の特殊製法で作った鮮度保存パックに詰めとんねん。因みに、パックはうちの学部の先輩が発明したやつで特許は出願済み。権利は綾羽乃宮が持っていっとる」

「それを東君が言っちゃえるってことは、情報解禁はされてる、と？」

「そもそも、今日渡すチラシに思いっきり書いてあるからな」

「なるほどね」

宏の説明に納得する蓉子。

もうすでにチラシができていて今日からばらまくという段階ならば、情報規制も何もない。

「で、鮮度保存パックってのは、どういうものなんだ?」

「袋詰めして封したら、一年ぐらい入れたときの状態を維持するっちゅう代もんやな。うちらが入学したころに性能試験が終わって、量産化のために四苦八苦しとってん。発明した先輩、これのために二年留年しとるし」

「その量産化に、お前と藤堂も関わってるのか?」

「一応な。で、とりあえず量産ラインでの試作品でも半年は生肉とか生魚の品質変化がないっちゅう試験データ出たから、公表と市販にゴーがかかったんよ。っちゅうても、穴とか開いたら一瞬で機能なくなるから、目安として一週間ぐらいっちゅうことにしてるけどな」

「生肉が半年腐らない、か……。それはまた凄まじい代物だが、スーパーなどでの一般販売の予定はあるのか?」

「今はラインの都合で一部業者向けで埋まっとるけど、綾羽乃宮にその気があるんやったら今年中にはスーパーとかに並ぶやろ。っちゅうても、どうにか量産できるようになったんはスーパーで無料配布しとる汁たれ防止のビニールぐらいのサイズだけで、いわゆるレジ袋とかごみ袋とかのサイズはまだまだこれからっちゅうとこやけど」

山口の疑問に、そう答える宏。

この鮮度保存パック、保存能力こそ今までに類を見ないほどのものだが、それ以外の特性は宏達の日本で一般的に流通しているビニール袋とほとんど変わらない。

ならば量産化は簡単かと思えばそうではなく、密閉することが条件なのでちょっとした傷でも場合によっては機能がなくなるうえ、百度以上の熱に長時間さらされるとやはり機能がなくなるため、そのあたりの問題をクリアするのに相当苦労する羽目になったのだ。

今あるものより大きなものを量産できていないのも、そのあたりの理由が大きい。

また、鮮度がもつのが一年ぐらいというのも、どちらかというと生分解性ビニールの劣化が早ければそれくらいで始まるという事情が大きい。

使われている技術自体はプラスチック以外にも適用できるので、現在金属やセラミック、ガラスなどの劣化しづらい素材での検証が行われている。ビニールでの実用化を先行させたのは、単に軽くて扱いやすく、馴染(なじ)みがあって普及させやすいからというのが理由だ。

なお、宏達の日本で一般的に流通しているものと同じなので、この鮮度保存パックは土に埋めておけばそのうち分解される。

「お待たせ、宏君」

「おつかれさん。上手いこといきそう？」

「なんとも。会ってみてからの話になりそうな感じ」

「まあ、せやろうなあ……」

現段階では答えづらい宏の問いかけに、思わず苦笑しながらそう答える春菜。

有名すぎて逆に事前情報が皆無な相手と上手くいくかなど、会ったこともないこの段階では分かるはずもない。

「今から気をもんでても始まらないから、開き直ってお昼は同窓会を楽しむことにするよ」

「それでええんちゃう？」

何やら腹をくくった様子の春菜を、宏が生温い視線を向けつつ肯定する。

宏とて、明日は我が身だ。

「なんか、いろいろ大変そうだな……」

「正味な話、高校時代はこんなことなるとは思ってへんかったわ……」

「だろうなあ」

なんだか非常に遠くへ行ってしまった感がすごい宏と春菜を見て、思わず同情してしまう田村。

考え方はともかく本人達の気質は高校時代から何一つ変わっていないだけに、非常に窮屈なのだろうと察せられてしまう。

「まあ、今日はその辺のしがらみを忘れて、同窓会で鬱憤を晴らせばいいさ」

「そうそう。みんな笑い話として聞いてくれるって」

「てか春菜ちゃん、東君。そろそろいい時間だから、お店に移動しよう」

山口の言葉に蓉子がのっかり、いいタイミングだからと美香が移動を促す。

その後、一行は同窓会会場の居酒屋へと向かうのだった。

☆

「みんな、グラスは持った？　まだ二十歳になってない子は、ちゃんとノンアルコール？」

同窓会、昼の部。

幹事の安川が、乾杯の前に全員集まったのを確認する。

かつて文化祭実行委員として活躍し、以降も様々な細かいイベントを回してきた彼女は、今回の同窓会の幹事も進んで引き受けてくれたのだ。

「じゃあ、ちゃんと無事に成人式が終わったことと、なんだかんだでみんなちゃんと活躍してることを祝って、乾杯！」

安川の音頭に合わせて乾杯するクラスメイト一同。

こうして同窓会はスタートした。

「東はいきなりウイスキーか」

「ビールはいまいち馴染めんでなあ」

「あ～、分かる。あたしもワインとか日本酒はともかく、ビールとか発泡酒はちょっと苦手かな」

「私もラガー系はあんまり好きじゃないわね。クラフトビールには好みのものもあるんだけど、飲み放題のメニューには大抵入ってないし」

ウイスキーのダブルを傾けながら言う宏に、納得の声を上げる美香と蓉子。

一時はブームになったこともあるクラフトビールだが、現在は飲食店では飲み放題どころか取り扱い自体していない店も多いままである。

美優がかつて宏を連れていった会員制のバーですらクラフトビールは扱っていなかったのだから、宏達の日本における定着度合いは推して知るべしであろう。

そもそも、三百五十ミリ入りがジュースより安い上に、全国どこへ行っても同じ品質のものが手に入る酒など、発泡酒や第三のとつくものを含むラガー系ビールとチューハイおよび梅酒の類くらいしかない。

それらと対抗するには、日本でのクラフトビール、それも特に全国流通を担える大手酒造メーカーのものはまだまだ歴史が浅く、市場の認知度も低い。結局のところ、これだけ強固に定着しているビールのイメージを変えるのは、そう簡単ではないのだ。

「忘れてたけど、春菜はまだノンアルコールなのよね」

「うん。料理に合わせやすい、ちょっと辛めのノンアルコールカクテルにしてもらったよ」

黒っぽい色のドリンクを軽く持ち上げながら、蓉子の質問に答える春菜。

居酒屋の努力によるものか、クラフトビールは入っていなくてもノンアルコールカクテルは充実している飲み放題が増えて久しい。

もはや、酒を飲めない人間はウーロン茶というイメージは過去のものとなりつつある。

その後しばらく、飲酒解禁になった面子（メンツ）による酒の話題が続く。

「そういや、相良（さがら）は九月から海外留学だったか？」

「おう。マサチューセッツで経済学勉強してくるわ」

酒に関する話題が一段落したところで、田村が東京でたまに会う機会がある相良にそう話を振る。

「経済学って、日本とアルゼンチンには微妙に役に立たないんだよね」

「ああ、知ってる。ついでに言うと、過去に起きたことを理論づけするのが経済学だから、意外と未来に起こることの予測には役に立たないのも知ってる」

「そういう認識やのに、留学するんや」

「ぶっちゃけ、俺の場合はチャンスがあったから好奇心満たすために行くって感じだからなあ。せっかく誘ってもらったんだから、役に立つ立たないはともかく見識広げるのにはちょうどいいんじゃねえかってな」

「なるほどね」

相良の考えに、そういうのもありかもと納得する春菜と宏。

普通ならすごいともてはやされそうな大きな話なのに、なんとなく大したことない感じで進んでいるのが剛毅な話である。

「そういえば、春田君と児玉さんが芸能界デビューするって話を聞いたんだけど、そのあたりはどうなのよ？」

「そんな大層な話じゃないんだけど、今年の学祭で上演した自主製作映画がなんだかすごく評価がよくて」

「で、映研の期待の新人として主役やらせてもらった俺と児玉に声がかかった、ってわけだ」

美香から振られて、経緯を説明する児玉と春田。

その話を聞いた春菜が、美香に視線を向ける。

「春菜ちゃんが心配するのも分かるけど、映画が評価高かったっていうのは本当だよ。あたしも観たけど、ハリウッドの大作より面白いと思ったし」

「そっか。……ん～、あとで事務所の名刺コピーさせてもらっていいかな？　個人情報関連に引っかかるかもしれないけど、本当に大丈夫なところかだけは確認しておきたいから」

「あっ、それあたし達のほうから頼みたかったのよね。だって、芸能関係だったら間違いなく藤堂さんが一番詳しいし」

「俺らじゃ、それがまともなスカウトなのか判断できないしなあ」

「あと、申しわけないんだけど監督と脚本やった先輩のところの名刺も確認してもらっていい？」

「うん、任せて」

春菜の申し出に、ありがたそうに頭を下げてくる児玉と春田。

それを見て嬉しそうに引き受ける春菜。

「で、二人は付き合ってんの？」

「いんや。っつうか、自主製作映画の絡みでえらい目見てたから、うちの映研じゃ基本それどころじゃなかったし」

「なるほど。じゃあ、デビューして早々のスキャンダルは避けられそうって感じか」

非常に仲がいい春田と児玉について、若者らしくそういう視点でつついてみる田村。

そのある種当然の疑問をばっさり切り捨てた春田に対し、特に追及することなく田村が納得する。

普通ならもっと深く疑いそうな状況だが、春田と児玉の間には、付き合っているもしくはどちらかが相手に懸想している間柄特有の空気が一切ない。

なので、付き合っていると言われたらむしろ偽装カップルを疑っていたところである。

「なんだかみんな、進路が決まって立派になってきてるような……」

その後も次々に出てくる将来の進路の話に、思わずそんなことを呟く春菜。

「っていうことを藤堂とか東とかが言うのは嫌味でしかないからな」

「そうそう。たった二年で世紀の大発見と大発明をいくつもやってのけて、さらに今や業界では知らぬ者のいない高品質食材の生産者が、あたし達ごときの内容で何言ってんだ、って話よ」

その春菜の呟きに、相良と児玉が即座に突っ込みを入れる。

「で、物は相談なんだけど、潮見メロンを一玉融通してもらえない？　そうそう買えるような値段じゃないし店に並んでもすぐに売れちゃってさ。元締めが元クラスメイトでたまに連絡とってるって妹にばれてから、ものすごくうるさいのよ……」

「あっ、こっちも。金は何とか工面するから、売ってくれると助かる」

その突っ込みから流れるように、そんな要求をぶつけてくる児玉と春田。

もっとも、口調と表情からあくまで冗談の範囲なのは明らかである。

なお、潮見メロンがそうそう買えるような値段ではないのも、店に並んでもすぐ売り切れるのも事実だ。少々小ぶりで見栄えが悪いものでも三千円から、普通のものだと一万円はくだらないのが潮見メロンだが、ボーナスやお中元の時期には飛ぶように売れる。

大学生が自腹で買うのはかなりつらい、どころか一般家庭の主婦でも自家消費のために買うとなると二の足を踏む値段であろう。

「私達としては別に一回ぐらいタダで融通してもいいんだけど、おばさん達がどう判断するかだよね」

「潮見メロンは田村とか山口にもタダでは渡してへんしなあ……」

「いやいや。金は出すってば」

「てか、さっきもらったパンフの通販では、潮見メロンは扱わないの？」

「現在検討中、だよね」

「せやな」

春菜と宏の反応から、なかなか難しそうだと判断してがっかりしてみせる相良達。

なんだかんだで潮見メロンは特別扱いされているため、開発者でかつ生産者の春菜と宏ですら箇単には決められないのである。

「まあ、どうにもならんものは諦めるとして、だ。東、藤堂。作ってほしい野菜とかはある程度リクエスト可能か？」

「これからの季節のもんやったら、別に問題あらへんよ」

「畑広げる予定もあるから、リクエストはむしろありがたいかも」

「じゃあ、あとでメモしたのを送る」

続けても不毛で宏達を困らせるだけと判断した山口が、野菜のリクエストに話を変える。

その後、野菜の話を中心に、料理の話へと話題が移っていく。

「……ずっと、こうしていたいな……」

宴もたけなわ、という感じになったところで、意味深なことを言い出す春菜。

「何、春菜。ちょっとおセンチ？」

「なんか意味深なこと言うとるけど、別になんぞシリアスな話があるんやのうて、もうそろそろ中座せなあかんからやろ？」

「ああ、なるほど」

宏のネタばらしを聞いて、妙に安心したように首を縦に振る蓉子。

「このあとのこと考えたら、ちょっと憂鬱なんだよね……」

「っちゅうたかて、今更逃げられるもんでもないやろ？」

「そうなんだけどね……」

宏に窘められ、深々とため息をついて立ち上がる。

「ごめん、私これから用事があるから、ここでお先に失礼させてもらうね」

「ああ、お疲れさま。っていうか、東君はいいの？」

「私だけなんだよね、面倒くさいことに」

「そっか。まあ、がんばって？」

「うん、ありがとう」

幹事の安川に声をかけ、支払いを済ませて店を出ていく春菜。

見送ったクラスメイトが心の中で冥福（めいふく）を祈りたくなるほど煤（すす）けた背中を見せながら、天照大神（あまてらすおおみかみ）との会談に臨む春菜であった。

☆

「……引きこもりたい……」

神界の某所。

春菜との顔合わせを前にした天照大神が、どんよりとした表情でそう呟く。

「まだ始まってもいないのに、何言ってるんですか」

そんな天照大神を、付き人として参加している天鈿女命（あめのうずめのみこと）が必死になってなだめる。

天岩戸（あまのいわと）に引きこもった天照大神を引っ張り出して以降、何度か記紀に載らないレベルのプチ引きこもりを繰り返す天照大神をその都度引っ張り出すのに呼び出され、今ではすっかりお世話係のポジションが定着してしまっている天鈿女命。

ただし、それを本人達が喜んでいるかどうかは永遠の謎だが。

「そもそも、ここはあなたの守護領域でしょうが。主神のあなたが逃げ腰でどうするのよ？」

サラスヴァティとしてこの場に来ている弁財天（べんざいてん）が、思わず呆（あき）れてそう突っ込む。

本来ならもう二柱ほど来る予定だったのだが、面倒事を押しつけられるのが嫌だからと今日になっていきなりバックレたのだ。

これ以上人数が減るのは、サラスヴァティとしても勘弁願いたい。

「でも、あの娘すごいリア充オーラ放ってる。正直、本気の姿見せつける前に帰りたい……」

「お見合いに臆（おく）した腐女子みたいなこと、言わないでください……」

「でも、私が非リアなのは、神話を見ても確定的に明らか。だから、早く帰って二次元嫁と二次元婿に囲まれて癒（いや）されたい……」

「なんで太陽神なのに陰キャの干物女やってるのよ、あなた……」

『主神がこれでいいのか』とか『主神がこれでよく繁栄できるな日本』とかそんな感想を抱きつつ、必死になって天照大神を何とかしようとする天鈿女命とサラスヴァティ。

絶世の美女三人が華麗な衣装を身にまとって行う寸劇としては、なんとも残念さが漂う内容である。

現住所の主神だからとこの役目を押しつけられた天照大神もたいがい貧乏くじだが、この二柱が引かされた貧乏くじはそれを大きく上回るだろう。

「うう、神衣で人と会うのは緊張する……。ジャージが恋しい……」

「なんで、神衣よりジャージのほうがリラックスできるのよ……」

「だって、ジャージだったらうっかり変な奇跡とか起こす心配ないし……」

「ああ、うん。確かにそれは間違いないわね……」

神としてどうなのかという天照大神の言葉に、頭を抱えつつそう答えるしかないサラスヴァティ。

実際の話、今の神々にとって神衣とは、体の一部という次元まで馴染んだ服であるとともに、己の力を十全に発揮するための姿でもある。

ただし、十全に発揮することとそれを完全にコントロールしていることとは別問題で、精神状態によってはくしゃみしたり感情がオーバーフローしたりした拍子に、己の権能が軽く暴発することは起こりうる。

その結果、必要以上に豊作になったり起こす必要のなかった天災が起きたりしてしまい、場合によっては地上に生まれてはいけない種類の能力を持った生き物が誕生するという、なかなか致命的な事態が発生することすらある。

これは別に天照大神に限った話ではなく、上は主神クラスから下はふくらはぎの神のような弱い神まで、神に分類される存在は全員身に覚えのある話だ。

なので、暴発事故を起こしたくない天照大神が、どうがんばっても緊張せざるを得ない春菜との面談で神衣を着ていたくないというのも、サラスヴァティや天鈿女命からすれば分からなくもない話ではある。

「暴発を心配するのは分かるけど、さすがにジャージはダメよ。一応主神なのだから、初対面の時ぐらいはある程度威厳というものを見せないと」

「だから、本気の姿を見せつける前に帰りたい……」

サラスヴァティの言葉に、話をループさせにかかる天照大神。

実のところ、天照大神に限って言えば、主神としてだろうが陰キャとしてだろうが、本気の姿を見せないほうが誰もが幸せになれるのは間違いない。

特に主神としての本気はそれすなわち世界の危機という状況なので、見ないで済むなら見ないほうがいい。

「それで、私達が面倒を見なきゃいけない娘は、いつ来るの？」

「えっと、多分もうそろそろなんじゃないかと」

これ以上天照大神に何を言っても、ひたすら話がループするだけ。そう判断したサラスヴァティの問いに、天鈿女命が自信なさげにそう答える。

その答えを肯定するかのように、絶妙なタイミングで春菜が入ってくる。

「すいません、遅くなりました」

入室するなり、まずはそう謝罪する春菜。

遅くなったといっても別に遅刻したわけではなく、そもそも神々の時間感覚では待ったというほどでもないのだが、それでも新米の自分が最後に到着しているのだから、最低限の礼儀として謝罪したのである。

「大丈夫。まだ時間前」

とってつけたようにきりっとした態度に化けた天照大神が、労(ねぎら)うように春菜に告げる。

その変わり身の早さに舌を巻きながらも、天鈿女命が春菜を席へ誘導する。

「まず自己紹介ね。私はサラスヴァティ、別名弁財天ね。今回はインド地域の代表で参加させてもらっているわ」

「私は天照大神。あなたのルーツとなった神の一柱で、日ノ本を見守る役目をしている」

「天鈿女命です。天照大神のお世話をさせていただいています。私のことはウェイトレスだとでも思っていてください」

「時空神になった藤堂春菜です。本日はお手間を取らせてしまいまして、申しわけありません」

「私にルーツを持つ人の子から同胞が生まれる、それ自体はめでたいこと。祝いはしても謝罪されるようなことではない」

またしても謝罪を口にする春菜を、表面上は堂々とした態度でそう窘める天照大神。

内心では、もしかしてさっきの会話聞かれてたんじゃ、などと慌てていたりする。

「むしろ、私としては直前になって逃げた連中のほうが気に食わない」

「そうね。あとで軽く締めておかないと駄目かしらね」

「私達がやると、場合によっては戦争になる。この子に関することだから、天音かアインにやらせればいい」

「天音だと貫禄が足りないから、アインの仕事かしらね」

話しながら怒りが湧いてきたらしく、唐突に物騒な話を始める天照大神とサラスヴァティ。

なお、アインとは春菜と宏の指導教官の名で、春菜の直接のルーツは実はこちらにある。

どこの神話にも属していないことと権能という概念に縛られていないことから、今回のように角が立たないように問題児に制裁を下したり、フェアクロ世界に邪神を押しつけた創造神のような存在を始末したりといった、割とダーティな役目を請け負っている。

その積み重ねによるものか、いろいろアンタッチャブルな存在として扱われることが多く、宏がこれまで話の中で指導教官としか言わなかったのもあまり大っぴらに名を口にしてはいけないという空気を察してのことである。

実際には別に誰彼構わず襲いかかるような存在でもなければ、制裁案件以外で動かないわけでもなく、内容に関係なく担当者の手に負えないトラブルを解決するのがアインの仕事なのだが、どうにも制裁案件が目立つため脛に傷を持つ連中がビビって妙な空気を醸成しているのが現状である。

なので、この場にいる神々のように、気にしない存在はとことんまで気にしていない。

「さて、自己紹介も終わったことだし、本題」

「はい」

「まず、私達にそんなにかしこまった態度は不要。というか、疲れるからむしろ態度崩して……」

「あのねえ、天照……」

どうやら主神モードの持続時間が切れたらしく、いきなり緩いことを言い出す天照大神。

それに即座に突っ込みを入れるサラスヴァティ。

いくらなんでも、崩れるのが早すぎる。

「ジャージが恋しい季節すぎてつらいから、可及的速やかに態度を崩すように」

「態度崩せって言うのはいいとしても、もう少しがんばって取り繕いなさいよ……」

「ルールとか実情の説明には、こっちのほうが絶対に都合がいい」

「そりゃまあ、そうでしょうけど……」

本気の姿を見せつける前に帰りたいとか言っていたのは何だったのか、と突っ込みたくなる言動をとる天照大神を、半ば諦めつつもどうにかしようと言葉を重ねるサラスヴァティ。

七福神のイメージとは程遠い、苦労人属性が透けて見えるやり取りである。

「あの、お二人は……って言い方でいいのかな？」

「「そのあたりは、通じればどうでもいい」」

質問しようとして呼びかけ方に悩む春菜に対し、声を揃(そろ)えてその悩みをばっさり切り捨てる天照大神とサラスヴァティ。

多神教の神々は基本的に、そういう事柄に対しては非常に寛容というか雑である。

さらに言うと、長い年月を経た結果、よほどの力の差でもない限り、上下関係についても呼び捨てタメ口当たり前ぐらいには雑になっている。

「えっと、じゃあ。お二人は昔から仲がいいんですか？」

「別に、そんなに親しくない」

「こういうやつだとは知ってても、ここまでとは知らなかったわね」

「まともにやり取りするようになったの、やたら強い権能持った新神が出現してから」

「正直、私は七福神なんてこじつけのせいで巻き込まれた感じね」

「あまり親しくないから、ビキニアーマーにチェーンでバイクのパターンなのかそれともきゃる〜んとか言ってくれるのかとか、今どういう風になってるか期待してたら、まさかの委員長系おかん属性とは……」

「私としてはむしろ、天照がここまで見事に干物女化してるのが予想外だったわね」

いきなり澪(みお)が言いそうなことを言い出した天照に対し、思わずため息交じりにそう言い返すサラスヴァティ。

そのやり取りに、思わず目を白黒させる春菜。

「まあ、今ので分かったと思うけど、私達のように多少なりとも地上の信仰がかかわる神は、その地上のイメージに存在がある程度引っ張られるのよ」

「だから、私が非リアの陰キャで引きこもりの干物女なのは、主に地上のサブカルチャーのせい」

「事あるごとに引きこもろうとするのは神話の時代からでしょうが……」

都合のいいことを言い出した天照大神に対し、サクッと引導を渡すサラスヴァティ。

双方ともに、威厳も何もあったものではない。

「まあでも、日本とアメリカのサブカルチャーがやたら強い影響を与えてくるのは否定できないわね。うちでもどっかのゾウが関西弁のおっさんになってるし」

「日本のアニメと漫画は、世界中の神話とか埋もれてた物語とかを魔改造しては輸出するから、地味に現地でも侵食されがち」

「アメリカはアメリカで、なんだかんだ言ってもハリウッド映画は世界中で上映されるし、それ以上に粗製乱造されるB級映画はノイズとしては最強の影響力を持つのよねえ」

「サメの神格持つ神は、最近いろいろ素敵なことになってる」

「どの神話だったか忘れたけど、頭十個にしっぽ四本でサメ入りの巨大竜巻を起こすっていう使い道のない権能を得た神がいたわよね」

「ブードゥ関係とか、別物になりつつある」

サメの神の話を聞いて、思わず何それ見たいと言いそうになる春菜。

映像技術と情報物流の発達は、神々の世界を想像以上に深刻に汚染しているようだ。

「それで、日本の神々は変化するのが当たり前って感覚だからそれほど問題はないけど、神話によってはそうでもない集団も結構いるのよ」

「私が引きこもりたいのも、そういう連中と関わりたくないから」

「あなたは年がら年中引きこもろうとするでしょうが」

すぐ漫才のようなやり取りを始める天照大神とサラスヴァティに、思わず苦笑してしまう春菜。

どちらも立派な体格とエロボディをお持ちの美女だが、会話は澪と真琴(まこと)のやり取りと変わらない。

もっとも、イメージ的には日本古来のすらっとした体形の美を体現していそうな天照大神がボンキュッボンなのは、恐らくサブカルチャー、それもエロ方面の作品の影響で変化してしまっているからなのだろうが。

「そういうわけだから、神々との会話の時は向こうが振ってくるまで地上の娯楽の話題は避けるのがベター。日本ですら、私とかサラスヴァティみたいに笑って流してくれる神ばかりじゃない」

「そうね。逆に、暦がどうとかは深く気にする必要はないわ。年末年始の時期と一年の長さが統一されたおかげで何かと便利になってるから、いちいち文句を言う神もほとんどいなくなってるし」

「えっと、それってやっぱり地上の神事とかが今の暦に合わせて行われている、っていうのも関係していますか？」

「それは当然、影響している」

春菜の確認に、よくできましたとばかりに言い切る天照大神。

実のところ、地上の影響を受ける割にはそれほど地上のことを気にしていない神々にとって、暦など争う理由としては薄い。

そもそも、一世紀だろうが一年だろうが一日だろうが同じような時間感覚で過ごす神々にとって、一年が何日かというのは大して影響しない。

新年会ですら、感覚的には一日のうち何度かある飲み会の一つにすぎなかったりする。

「あと、これは多分誰かから聞いていると思うけど、地上の宗教の戒律とか対立は、私達の付き合いにおいて一切気にする必要はない。そもそも同じ神をあがめながら違う宗教として対立してる事例が多すぎて、いちいちこっちが気にしてられない」

暦の話から地上のことを連想したのか、人間として生きている分には割と重要な要素について天照大神が説明する。

「初めて新年会に参加したとき、私達の面倒を見てくれた仙人の方からそのことは教えていただいています。その時は人間が勝手に決めた戒律なんて知ったことじゃない、っていうことなのかと思っていましたけど……」

「基本的にその理解でいいわ。そもそもの話、宗教の戒律なんて大部分はどこの宗教でも大差ない当たり前の生活規範だし、それ以外も大部分は地域ごとに特化した『守らなければ中毒などで死ぬ』という内容を記しているだけよ。私達からすれば、わざわざ神と紐づけなければ守れないほうが不思議で仕方がないわね」

春菜の確認内容を肯定し、ついでに前々から思っていたことを口にするサラスヴァティ。

神々からすれば、いい加減生活規範ぐらい神の名に頼らずとも守れるようになってほしい、という感じらしい。

「宗教の対立は基本的に、水と食料の奪い合いとか権力争いとかに勝手に私達の名前を使ってるだけ。実際の神々の間での対立と、地上の宗教対立は九割以上は一致しない」

「九割ということは、一割ぐらいは神様が関わっているってことですよね……」

「人と神が近い時代はよくあった。ただ、今でもそれを引きずってるのはごく少数だし、発端はそうでも今では全く別物に変質してる」

地上の宗教関連に関するもう一つの注意事項を、春菜に説明する天照大神。

一見すると当たり前に感じるようなことではあるが、ちゃんと説明しておかないと現状を確認する前に攻撃を仕掛けに行く新神が時折出てくる。

特に排他的で妄信的な国・地域の出身だと、このあたりのリスクは非常に高くなる。

そういう意味では、日本出身ゆえに民族および宗教に関してはかなりニュートラルな春菜は、このあたりの教育が楽な存在ではある。

ただし、自己コントロール不能な種類の権能を持っているうえ、無駄に力が強くて他もいろいろコントロールが甘く、今の今までこの手の教育が一切行われていない、という点ではこれまでの問題児と問題点はさほど変わらないのだが。

「で、それを踏まえて、各神話の神々との付き合いで気をつけなきゃいけないことを説明すると……」

春菜がいろいろ納得したところで、サラスヴァティが本題について説明を始める。

実のところ、天照大神は主神な上に引きこもりがちな性質上、その手のことについてあまり深い事情は知らない。

なので、説明を聞きながら、時折春菜と一緒に驚いたり感心したりしている。

「……なんだか、タブーの内容が人間のコンプレックスとあんまり変わらないような……」

「それは当然。だって、私達をもとに人間が生まれているし、生まれた人間の活動や感情から私達も影響を受ける」

「えっと、じゃあ、恐竜とかが文明を持ったりしたら、神様の姿も恐竜みたいになるんですか？」

「昔はそうだった。今はそうじゃなくなってる」

「昔は……？」

「うん。特殊な滅び方をしたから化石も文明の痕跡も残っていないけど、恐竜が文明を持っていた時代があった。ただ、文明を持っていた恐竜の姿は、あなた達があっちの世界で見た竜人族みたいな感じになってたけど」

考古学の世界に激震を走らせる証言が、天照大神の口から放たれる。

それを聞いた春菜が驚いて固まっている間に、さらに追撃が飛んでくる。

「あの頃は私達もトカゲだったり鳥だったりの要素が強かったわよね」

「うん。でも、痕跡とか一切残ってないのに、龍とかみたいにかつて存在したものが神話とかにはばっちり言い伝えられてるのって、不思議なものがある」

「遺伝子に記憶として残っているのかもしれないわね」

「……」

神々による衝撃的にもほどがある会話。その内容に言葉も出ない春菜。

そんな春菜を横目に、各神話の神々が白亜紀やジュラ紀の頃どうだったのかで盛り上がる天照大神とサラスヴァティ。

「お二方とも、春菜さんが固まっておられますので、そのくらいになさってはいかがですか？」

そんな春菜を見かねて、今まで黙っていた天鈿女命が口を挟む。

「ああ、すまない。なかなかこういう話をする機会がなかったから、つい盛り上がってしまった」

「いくら事実といえど下手をすれば単なる悪口合戦になるから、こういう機会でもないとなかなかあの頃の思い出話ってできないから、ついね……」

「みんなあの頃は脛に傷を持ってるから、基本黒歴史」

「あの、それを私が知ってしまうのってどうなんでしょう……」

「わざわざ当人に面と向かって自分から口に出さなければ、特に気にする必要もないわ。触れないようにするっていうのが暗黙のマナーってだけで、別に秘密ってわけでもないことばかりだし」

恐れおののく春菜に対して、軽くそんなことを言うサラスヴァティ。

その後もいろいろと聞かなくていい話を聞かされまくった結果、知りたくもないのに各神話の黒歴史や弱みなどに大変詳しくなってしまう春菜であった。

春菜ちゃん、がんばる？
フェアリーテイル・クロニクル

MFブックス

春菜ちゃん、がんばる？ フェアリーテイル・クロニクル 9

2023年7月25日 初版第一刷発行

著者 埴輪星人
発行者 山下直久
発行 株式会社KADOKAWA
〒102-8177 東京都千代田区富士見2-13-3
0570-002-301（ナビダイヤル）
印刷・製本 株式会社広済堂ネクスト
ISBN 978-4-04-682656-5 C0093

企画 株式会社フロンティアワークス
担当編集 下澤鮎美／佐藤 裕（株式会社フロンティアワークス）
ブックデザイン ragtime
イラスト ricci

本シリーズは「小説家になろう」（https://syosetu.com/）初出の作品を加筆の上書籍化したものです。

ファンレター、作品のご感想をお待ちしています

宛先
〒102-0071 東京都千代田区富士見2-13-12
株式会社 KADOKAWA MFブックス編集部気付
「埴輪星人先生」係「ricci先生」係

二次元コードまたはURLをご利用の上
右記のパスワードを入力してアンケートにご協力ください。

https://kdq.jp/mfb
パスワード
7mtw8

● PC・スマートフォンにも対応しております（一部対応していない機種もございます）。
●アンケートにご協力頂きますと、作者書き下ろしの「こぼれ話」がWEBで読めます。
●サイトにアクセスする際や、登録・メール送信時にかかる通信費はご負担ください。
● 2023年7月時点の情報です。やむを得ない事情により公開を中断・終了する場合があります。